Norbert Scheuer · Der Steinesammler

Für Elvira

1

Zuerst existierten die Steine, die Steine auf den Feldern und die Steine in den Flüssen. Die Steine sammeln die Erinnerung der Zeit. Wenn die Sonne auf sie scheint, graben sich ihre Strahlen in sie hinein, ein Glitzern, das man mitunter nach Jahrmillionen noch sieht. Es ist, als hätten die Steine eine eigene Individualität, ein Wesen, wodurch sie sich voneinander unterscheiden. Steine sind das, was von allen Kulturen zurückgeblieben ist, auf Steinen standen die ersten Inschriften und Gedichte. Echnaton hatte sein Loblied an die Sonne auf Steinen verfaßt, die ersten Gesetzestexte von Hammurabi waren in Steine gemeißelt, die römischen Wasserleitungen, die das Quellwasser aus der Eifel zu den Thermen in Köln leiteten, waren aus Steinen erbaut. Die Steine waren still. Nie hatte Anton Braden einen Stein gesehen, der nicht schön gewesen wäre, der nicht eine Besonderheit gehabt hätte. Die Steine gruben alles in sich ein und bewahrten es auf. In ihren Poren, in ihren Öffnungen, lebten mitunter winzige Tiere, und in ihrem Inneren waren Labyrinthe, die vielleicht niemals entschlüsselt würden, und winzige Seen mit salzigem Wasser.

Seit seiner Jugend beschäftigte sich Anton Braden mit Steinen. Er kannte den Quarz und den rosafarbenen Rhodochroit, den dunkelgrauen und grünlichen Diorit in seinen Varietäten, die Feldspate und Granite, den tiefschwarzen Obsidian, die Sedimente von den Schotterfeldern und Schwemmkegeln; er kannte die versteinerten, senkrecht stehenden Meere im Inneren der Erde, das Kalkgestein mit den Muscheln und Korallenbänken, den Spermatoiden und Brachiopoden und die ersten Fische und Hautflügler. In den Steinen verbarg sich das Geheimnis seiner hoffnungslosen

Liebe zu Milli, einer jungen Frau aus dem Dorf, die – wie man sagte – auf die schiefe Bahn gekommen war und im Drogenmilieu lebte. Vielleicht lag in den Steinen der Grund für sein eigenes beharrliches Schweigen. Die Worte lösten sich von Braden wie Sandkörner, die Regen, Sonne und Frost von der Oberfläche der Felsen lösen und die der Wind fortweht. In einer anderen Gegend, unter anderen Menschen, wäre Braden ein anderer geworden, da er aber zwischen Steinen aufwuchs, wurde er wie Stein.

Johannes Braden, der Vater von Anton, hatte bereits vor dem Krieg im Zementwerk gearbeitet. Bis auf die Unterbrechung durch die Kriegsjahre und die darauf folgende Gefangenschaft war er ununterbrochen dort beschäftigt gewesen und hatte nebenher Landwirtschaft betrieben. Nachdem Anton in der sechsten Klasse wegen dauernder Krankheit das Gymnasium verlassen mußte, begann auch er auf dem Zementwerk zu arbeiten; zunächst in den Steinbrüchen bei Keldenich und später, da er wegen seiner schwächlichen Statur der Arbeit in den Brüchen nicht gewachsen war, im Zementwerk. Anton Braden hatte noch zwei Geschwister, einen älteren Bruder, der in der Stadt lebte und schon seit Jahren nicht mehr in Keldenich gewesen war, und eine Schwester, die im Dorf geblieben und mit dem Bauschlosser Franz Huppertz verheiratet war.

Seit seiner Jugend drängte es Anton in jeder freien Minute zu den Steinbrüchen. Jedesmal war ihm, als würde er in die Erde hineingehen, immer tiefer, bis an den Anfang der Geschichte. Man sah ihn nicht gern dort. Mitunter scheuchten ihn die Arbeiter fort. Wenn Braden jedoch bei Höger, einem der LKW-Fahrer, im Führerhaus saß, ließen sie ihn in Ruhe.

Die LKWs fuhren den ganzen Tag und die Nacht hindurch, vom Keldenicher Steinbruch über Kall nach Sötenich zum Zementwerk, wo sie kalkhaltiges Gestein in den Brecher kippten, um von dort durch das Dalbendener Tal wieder zurück zum Steinbruch zu gelangen. Die Steinlaster fuhren um das Dorf herum, das wie ein altes Krähennest auf einer Anhöhe lag. Es war, als würden die Lastwagen, indem sie immer um Keldenich herumfuhren, eine eigene kleine Welt aus der großen herausstanzen. Anton Braden kannte nur diese Welt.

2

Als Bradens Nachtschicht vorüber war, setzte Höger gerade seinen LKW, einen großen, von Steinen zerbeulten Büssing, rückwärts an das Schüttloch und betätigte die Hydraulik; der Kipper richtete sich langsam auf, Kalkgestein und Dreck rutschten herab. Braden lief zum LKW, öffnete die Beifahrertür und kletterte hinein. Er sagte nichts, sondern holte nur einige Steine aus seiner Arbeitstasche, die er eine Weile untersuchte und dann neben sich auf den Sitz legte. Danach zog er ein Heft hervor und machte Notizen.

«Was Besonderes?» fragte Höger, als Braden einen Stein näher betrachtete.

«Ja, vielleicht.» Sanft fuhr Braden mit den Fingern über die rauhe Oberfläche. Es schien Höger, als würde er über ein Lebewesen streicheln. Für Höger war es ein gewöhnlicher Kalkstein.

«Was ist es denn?»

«Eine Alge.»

«Ich sehe nur Dreck und ein paar Kratzer.»

«Es sind feine Fäden, die sich in der Meeresströmung bewegt haben. Ich meine, daß man es sogar riechen kann.»

«Was soll man riechen können?»

«Das Meer, das vor Millionen von Jahren hier gewesen ist. Es war seicht, wie eine Badewanne. Hier, riech mal dran.»

Braden hielt Höger den Stein unter die Nase.

«Geh weg damit, du spinnst. Du solltest dich mit anderen Sachen beschäftigen.»

Höger sah zum Straßenrand, wo eine Frau entlangradelte. Er küßte die Luft, und die Luft küßte die Frau, deren Rock von den Beinen wehte. Er hupte und winkte aus dem Fenster, als sie an ihr vorbeifuhren.

«Nicht schlecht, was, die sieht nicht schlecht aus, was«, rief er und fuhr eine Schlangenlinie. Braden lachte und sah wieder auf seinen Stein, wie auf etwas, auf dem sich eine verwitterte, verborgene Inschrift befindet. Höger gefiel sein Lachen. Besser das als gar nichts, dachte er, trat auf die Kupplung, stocherte nach dem ersten Gang. Er war so klein, daß er die Kupplung gerade so mit der Schuhspitze erreichte. Den ganzen Tag – manchmal auch die Nacht hindurch – kutschierte er kalkhaltiges Gestein zum Zementwerk. Das war so langweilig, daß ihm jede Abwechslung recht war. Sie fuhren vom Platz vor den Drehmühlen auf die Straße, die aus dem Zementwerk hinausführte. Braden spuckte auf den Stein und rieb eine Stelle mit dem Jacken <-ärmel sauber.

«Es ist eine Alge, wie sie nur in tropischen Meeren vorkam», sagte er.

Doch Höger hörte nicht zu. «Hast du die eben gesehen, sollen wir warten, bis sie vorbeikommt?»

Braden behielt die Versteinerung in der Hand, lehnte sich mit dem Kopf an die Seitenscheibe und blickte nach draußen. Manchmal hatte er den Eindruck, als würde sich die Zeit zurückbewegen wie ein Videoband, das man sehr langsam zurückspult, aber die Dinge würden bleiben, wie sie immer gewesen waren.

«Wie lange fährst du heute mit?», fragte Höger.

«Vielleicht bis zur Nachtschicht.»

«Hast du denn nichts Besseres zu tun?»

«Was soll ich sonst machen?»

«Wenn dir nichts einfällt.»

«Bin ich dir lästig?»

«Nein, bist du nicht. Brauchst nicht gleich beleidigt zu

sein», sagte Höger, er lächelte Braden zu. Sie fuhren durch das Dalbendener Tal in Richtung Urft – zum Steinbruch zurück, um wieder aufzuladen. Es war wie eine Karussellfahrt. Höger wurde übel davon. Er redete davon, mal wieder etwas anderes zu machen, stellte sich vor, auf Auslandstour zu sein, gab den Ortschaften und Gegenden Namen ferner Städte und Länder. Früher hatte er viele Auslandstouren gefahren, nach Italien und Istanbul hinunter.

Die Urft, die hinter den Bahngleisen durch das Tal floß, hatte Hochwasser, war übers Ufer getreten; matschiges, aufgewühltes Wasser umspülte die auf den Wiesen stehenden Bäume und Sträucher, in deren Geäst Papier, Stroh und Düngersäcke hingen. Über den Ufersträuchern flatterten Krähen. Sie verschwanden plötzlich, als gäbe es unsichtbare Höhlen in der Luft.

«Da ist was», sagte Höger, «vielleicht eine verendete Kuh.»

Er stoppte den LKW am Straßenrand, stieg aus, kletterte die Böschung hinunter und lief bis zur Urft, die hinter einem Feldstück neben den Bahngleisen floß. Brader sah seine Halbschuhe im Matsch versinken, dann machte er einen vorsichtigen Schritt, erstarrte und blickte starr auf eine Stelle am Ufer. Da war ein Mann, der mit seiner Kleidung an den Wurzeln des Uferbaumes hing, in der Strömung trieb wie ein mit Luft aufgeblähter Sack. Er rannte dann zurück, ohne darauf zu achten, wo er hintrat, stürzte in den Matsch, rappelte sich auf und lief weiter. Als er wieder hinter dem Steuer saß, war ihm übel, seine Kleidung triefte vor Nässe.

«Wir müssen Schorn anrufen», keuchte er. «Da liegt ein Toter, wahrhaftig ein Toter.»

Als Höger und Brader später wieder an der Stelle vorbeifuhren, parkten bereits Polizeiwagen am Straßenrand. Höger hielt an, lief zu Schorn hinunter, erzählte, was er gesehen hatte. Wieder im LKW, wußte er Braden zu berichten, daß der Tote ein Bauarbeiter war, der an den Gasleitungen gearbeitet hatte. Seit einem Jahr wohnten mehrere Bauarbeiter in Keldenich, sie verlegten Rohre, deren riesige Trassen quer durch die Täler führten. Die Rohre wurden mit einem Kran vom Lastwagen gehoben, in die Gräben gelegt und verschweißt. In der Nähe des Dorfes war die Trasse bereits wieder zugeschüttet. Einige der Bauarbeiter logierten bei Dahmen, der die Kneipe im Dorf mit ein paar Fremdenzimmern hatte, andere, die ihre Auslösung sparten, übernachteten in Wohnwagen in der Nähe der Baustelle.

«Hatten nicht Frauen aus dem Dorf mit den Bauarbeitern Verhältnisse? Mättes erzählte mir einmal, in einem der Wohnwagen hingen Miederhöschen an der Wand.» Höger spekulierte, ob es vielleicht damit zusammenhinge.

«Könnte doch sein, Braden, oder?»

«Was sagt Schorn denn?»

«Der hat doch auch keine Ahnung, wartet auf seine Kollegen aus der Stadt.»

Jedesmal, wenn sie an der Stelle vorbeifuhren, äußerte Höger eine neue Vermutung. Braden interessierte sich nicht besonders dafür. Er las in einem Buch und versuchte, einen Stein zu identifizieren. Um die Mittagszeit kletterte er aus dem LKW.

«Ich weiß nicht, ob heut abend noch LKWs fahren», rief Höger hinter ihm her, «wenn nicht, mußt du sehen, wie du ins Dorf kommst.»

Im Rückspiegel sah er, wie Braden die Straße zu Delamots

Friseurladen hinunterging. Ihm fiel plötzlich wieder ein, daß Milli in Kall gesehen worden war, er hatte wegen des toten Bauarbeiters nicht mehr daran gedacht. Jetzt wird er es ohnehin erfahren, Delamot weiß es bestimmt schon. Höger verstand nicht, was Braden an Milli fand. Früher war er völlig verrückt nach ihr gewesen.

3

Im Schaufenster des Ladens standen staubige, ausgeblichene Haarwasserfläschchen; Spraydosen, Kämme und Haarspangen lagen auf einem verblaßten Samtstoff. Braden blieb eine Weile vor dem Fenster stehen, kratzte sich am Kopf, ging dann die Treppe hinauf, die zu einem schmalen Flur führte, an dessen Ende sich die Tür zum Herrensalon befand. Als er die Tür öffnete, bimmelte die Ladenglocke, es roch nach Parfüm und modrigen Haaren. Man erzählte sich, Delamot werfe die abgeschnittenen Haare nicht weg, sondern es gebe ein Loch im Fußboden, durch das die Haare in den Keller fielen, wo sie angeblich schon bis unter die Decke reichten.

Delamot döste auf einem der Frisierstühle. Die Sonne fiel durch das Schaufenster und blitzte im großen Frisierspiegel. Der Stuhl war so weit hochgepumpt, daß man über die Gardine des Schaufensters hinweg auf die Straße sehen konnte. Delamot hing über der Lehne, mitunter seufzte er im Schlaf. Außer ihm war nur noch Mättes im Frisiersalon, er saß auf einem der Stühle, die hinter dem Regalschrank standen. Mättes stammte wie Braden aus Keldenich. Er schnarchte; aus seiner großporigen, knolligen Nase wuchsen graue, drahtige Haare, die bei jedem Atemzug zitterten. Zwischen seinen Beinen klemmte ein Gehstock, auf seinem Schoß lag eine Illustrierte. Er kippte im Schlaf zur Seite, ruckte auf, bevor er vom Stuhl zu fallen drohte, öffnete für einen Moment erschrocken die Augen, dann schlief er weiter. Mättes kam seit zehn Jahren täglich zu Delamot, seitdem er Rente bezog. Vor seiner Pensionierung hatte er wie Braden im Zementwerk gearbeitet. Es gab nicht viele Arbeitsstellen in der Gegend, und wer nicht im Zementwerk oder in einem der kleinen Handwerksbetriebe beschäftigt war, mußte jeden Morgen bis nach Köln zur Arbeit fahren. Mättes saß die ganze Zeit nur auf dem Stuhl, blätterte in Illustrierten und hörte den Gesprächen zu.

Als Delamot wach wurde, räkelte er sich, rieb den Schlaf aus den listigen Augen, sah zur leise tickenden Uhr über dem großen Spiegel, blickte sich um und stand vom Frisierstuhl auf.

«Na, Braden», sagte er mit schnippischer Stimme, «auch wieder im Land? Wie spät ist es … hab eigentlich Mittagspause … was willst du?» Er musterte ihn.

«Weiß nicht», sagte Braden, «blaue Haare mit Dauerwelle vielleicht?»

«Wie du willst», antwortete Delamot grinsend, machte eine höfische Verbeugung, zeigte einladend auf den Frisierstuhl. Er legte Braden eine Papierkrempe um den Hals, schüttelte einen schmuddeligen weißen Umhang aus, ehe er ihn über Braden flattern ließ, verknotete die Bänder im Nacken und faltete die Krempe um. Delamots Hände rochen nach Haarwasser. Er hatte von einem Kunden erfahren, daß Milli wieder im Ort war. Ob Braden schon davon wußte? Er würde es schon herausbekommen. Delamot hatte eine Methode, alles von den Leuten zu erfahren, indem er mit den Fingerspitzen ihren Kopf massierte und irgendein Stichwort gab. Die meisten wurden dann zu einer weichen, schwammigen, nur noch aus Worten und Erinnerung bestehenden Masse, die unaufhörlich erzählte. So erfuhr er alles, was er wissen wollte. Bei Braden funktionierte diese Methode nicht. Er trat von hinten an Bradens Stuhl, pumpte ihn hoch und beobachtete ihn im Frisierspiegel, während er die Haare durchkämmte. Er müßte nur das richtige Wort sagen. Natürlich kannte er dieses Wort. Dann brauchte er nur in seinem Gesicht zu lesen. Er würde sich Zeit lassen, den günstigsten Moment abpassen. Eile mit Weile, dachte er, ließ sich Zeit, zupfte die Haare aus dem Kamm, begann das Haar zu kürzen, indem er einzelne Büschel zwischen die Finger klemmte und die Spitzen abschnitt. Braden hielt die Augen geschlossen. Delamots Schere schnatterte. Von draußen drangen Geräusche vorbeifahrender Autos in den Frisiersalon. Wenn ein LKW mit laufendem Motor vor der Ampel hielt, zitterten die Parfümfläschchen auf der Ablage vor dem großen Spiegel. Bradens Haare fielen am Kittel entlang zu Boden, Delamot schob sie mit der Fußspitze zur Seite. Einige der herabfallenden Härchen blieben in Bradens Nacken hängen. Delamot zog einen Quast aus der Kitteltasche, knickte Bradens Ohr, um dahinter Haare wegzubürsten, beobachtete Bradens Gesicht im Spiegel, unterhielt sich mit diesem Spiegelgesicht.

«Du warst lange nicht hier. Was gibt's Neues? Arbeitest du wieder an den Drehmühlen?»

Braden nickte. Delamot fuhr mit den Fingerspitzen durch seine Haare.

«Alles voller Zementstaub», sagte er, die Nase rümpfend. «Wie man hört, warst du dabei, als man den Bauarbeiter heute morgen gefunden hat.» Er kämmte die Haare durch und wartete darauf, daß Braden erzählen würde. «Sie werden nicht mehr herausfinden, wer es gewesen ist», sagte er schließlich, während er Bradens Gesicht im Spiegel beobachtete, ein schmales Gesicht mit eingefallenen Wangen und großen, ruhigen Augen.

«Ist der Bauarbeiter nicht im letzten Jahr nach eurer Kirmes verschwunden? Wie hieß der Kerl noch gleich, der hat doch was mit der Johanna gehabt. Wie hieß der noch?

Das Gedächtnis wird immer schlechter, man wird älter, wie hieß der noch, verdammtnochmal.»

Delamot biß die Zähne zusammen und verzog sein Gesicht, ein Gesicht mit wulstigen Lippen, pomadigen, schwarzen, nach hinten gekämmten Haaren, einem kleinen Oberlippenbart, einer seiner vergoldeten Augenzähne blinkte.

«Ich hab's, Janker hieß der Kerl, war doch ein Österreicher, oder nicht?»

Delamot horchte plötzlich auf, lief zum Fenster, stellte sich auf die Zehenspitzen und sah über die Gardine hinweg nach draußen.

«Da kommt Dahmen, vielleicht weiß der was, dieser Janker hat doch bei ihm logiert.»

Dahmen hatte seinen Transitbus an der gegenüberliegenden Straßenseite geparkt, er lief über die Straße. Delamot stand bereits hinter der Theke, als Dahmen durch die Tür trat und in seiner Tasche nach dem Lottozettel wühlte.

«Sag mal, der Kerl, der letztes Jahr bei dir logiert hat und mit Johanna fortgelaufen ist, wie hieß der noch mal?»

«Bei mir hat der nicht gewohnt.»

«Egal, aber der hieß doch Janker!»

«Glaube ja», sagte Dahmen, «der lebte in einem der Wohnwagen.»

Er hatte den Lottozettel endlich gefunden und faltete das zerknitterte Stück Papier auseinander.

«Weißt du, was mit dem passiert ist?»

«Keine Ahnung, interessiert mich auch nicht.»

«So dürfte ich den Schein eigentlich nicht annehmen», sagte Delamot.

«Stell dich nicht so an, damit gewinne ich eine Million.»

«Ich gönn's dir ja», sagte Delamot, strich den Lottoschein mit der Handkante glatt, steckte ihn in die Stempelmaschine und gab Dahmen den Durchschlag zurück.

«Hast du doch bald nicht mehr nötig; wie ich höre, machst du jetzt das große Geld mit Kaffeefahrten.»

«Hab keine Zeit, der Wagen steht im Halteverbot.»

Dahmen steckte den Lottoschein in die Tasche, grüßte zu Braden hinüber und lief nach draußen.

Delamot spinkte über die Gardine hinweg bis Dahmen abgefahren war, dann kehrte er zu Braden zurück.

«Gibt sich alle Mühe, die Schulden zu bezahlen. Schafft es aber nicht, jedenfalls nicht auf ehrliche Art und Weise. Bei euch ist am Wochenende Kirmes.»

Braden nickte nur.

«Dann geht's ja wieder rund, was … gehst du auch tanzen? Für dich wird's ja langsam Zeit.»

«Was meinst du damit?»

«Die warten doch alle nur darauf, geheiratet zu werden … Wenn ich meine Mädchen hier sehe, kaum haben sie jemanden an der Angel, hören sie auf zu arbeiten.»

«Ich komm ganz gut ohne zurecht.»

«Erzähl mir nichts, Braden, jeder Topf braucht einen Deckel. Gestern erzählte doch einer meiner Kunden, er habe die Tochter vom Krämer in Kall gesehen.»

Delamot sah im Spiegel das erschrockene Gesicht von Braden.

«Die ist doch aus Keldenich, oder täusche ich mich, hast du nicht mal was mit der gehabt?»

Braden konnte nicht antworten, er sah Milli vor sich, so lange hatte er sie nicht mehr gesehen, seine Hände zitterten unter dem Kittel, er versuchte sie festzuhalten. Delamot spürte, daß er zu weit gegangen war. Braden war ein sympathischer Kerl, das wäre nicht nötig gewesen. Nur, weil er es wieder genau wissen wollte … was wollte er eigentlich wissen … daß Braden in diese Milli vernarrt war? Das wußte doch jeder. Er wollte es nicht nur wissen, er wollte es fühlen. Jetzt aber spürte er, daß er zu weit gegangen war, er bereute es, suchte nach einer Möglichkeit, aus der Situation herauszukommen, war heilfroh, als das Ladenglöckchen bimmelte und Kundschaft hereinkam.

Pauli stiefelte durch den Laden, setzte sich neben Mättes, streckte die Füße von sich, betrachtete seine Schuhe, an denen das Leder abgewetzt war, so daß die Metallkappen zum Vorschein kamen.

«Hast du was Neues von dem Bauarbeiter gehört?» fragte Delamot.

«Sie wissen nicht mal genau, ob es einer von denen ist. Hat lange in der Urft gelegen. Wahrscheinlich hat ihn das Hochwasser dahin geschwemmt. Den Mund soll er voller Mist gehabt haben. Braden, du hast doch bei Höger im LKW gesessen.»

Braden wollte weg, irgendwo in Kall würde Milli sein, er versuchte aufzustehen, aber Delamot hielt ihn fest, bestäubte ihn mit Parfüm, zeigte ihm den ausrasierten Nacken mit dem Handspiegel.

«Jetzt siehst du wieder vernünftig aus.»

Er nahm Braden den Kittel ab und eilte voraus zur Kasse.

«Treib's nicht zu toll auf der Kirmes», rief er ihm nach. Als er zu Pauli kam, der schon auf dem Frisierstuhl Platz genommen hatte, schüttelte er den Kopf.

«Der Braden, der Braden», sagte er nachdenklich.

Pauli beugte den Kopf nach vorn, damit Delamot ihm die Papierkrempe anlegen konnte.

4

Als Braden sich der Bushaltestelle näherte, sah er Milli auf der Bank im Unterstand sitzen. Sie trug einen Walkman, bewegte den Kopf rhythmisch, schnippte unentwegt mit einem Feuerzeug. Langes glattes Haar fiel über ihr Gesicht. Als er vor dem Schallplattengeschäft stand, sah sie zu ihm hinüber, ihre Pupillen waren groß und schwarz, wie von einer Katze, die ins Dunkel hineinblickt, sie erkannte Braden nicht, es schien, als würde sie durch alles hindurchsehen. Er ging weiter, zu oft war er von ihr abgewiesen worden. Früher hatte Krämer immer erzählt, seine Tochter besuche in Köln eine Schule. Jetzt sprach er gar nicht mehr von ihr, wollte nicht einmal mehr, daß sie nach Hause kam. Braden wußte nicht, was er machen sollte. Er blieb kurz vor dem Fotogeschäft stehen, sah auf die Hochzeits- und Kommunionsbilder, lief weiter an der alten Molkerei vorbei bis zum Einkaufsmarkt, kehrte wieder zurück, er wollte mit ihr sprechen, er glaubte, jetzt genügend Mut gefaßt zu haben, aber Milli war nicht mehr da. Er lief in Kall herum, suchte in der Bahnhofswirtschaft, in den Spielhallen, rannte die Hauptstraße hinunter am Gemeindeamt und der Post vorbei, bis er nicht mehr wusste, wo er noch suchen sollte. Es wimmelte um diese Zeit in Kall von Leuten, die aus den umliegenden Dörfern zum Einkaufen kamen oder den Arzt aufsuchten. Die Sandsteinfelsen an der Straße schimmerten rötlich. Braden hatte in der Bahnhofsgaststätte zuviel getrunken. Vielleicht war sie wieder fortgefahren, oder sie saß im Restaurant des Einkaufsmarktes. Er lief nochmals dorthin, ging die Treppe zum Restaurant hinauf, hielt sich einen Moment mit beiden Händen am Geländer fest. In der Einkaufshalle tönte leise Musik. Oben auf dem Absatz angelangt, öffnete er die Tür zum Restaurant. Johanna, Zeisers Frau, stand hinter der Theke. Sie unterhielt sich mit Klöcker und Littwin. Klöcker hatte sich die Augen beim Schweißen verblitzt, sie waren verklebt und rot wie bei einem Kaninchen. Da er kaum noch sehen konnte, versuchte er über die Theke hinweg Johanna zu ertasten; als er sich ihr näherte, lachte sie und wich zurück. Die Bauarbeiter kamen nur wegen Johanna ins Restaurant. Vor einem Jahr hatte Johanna ihren Mann wegen des Österreichers verlassen, war jedoch nach einigen Wochen wieder zu Zeiser zurückgekehrt.

Littwin rief Braden zu, er solle an die Theke kommen. Braden schwankte jedoch zu einem Tisch, von dem er in die Einkaufshalle hinuntersehen konnte. Früher hatte er sehr oft an diesem Tisch gesessen, hatte zu Milli hinuntergesehen, die damals an einer der Kassen arbeitete. Manchmal hatte sie ihm zugewinkt, und nach Geschäftsschluß waren sie mit dem Motorrad zum Bruckshaus gefahren, einem verlassenen alten Haus, das im Gelände außerhalb von Keldenich lag. Er hatte lange nicht mehr an diese Zeit gedacht, hatte sie fast vergessen. Johanna erzählte den Bauarbeitern leise, daß Braden bereits am Nachmittag im Restaurant gewesen sei und Milli gesucht habe.

«Sie ist nicht hiergewesen, Braden», rief sie.

Im Radio berichteten sie von einer Weltraummission. Seit einem halben Jahr lebte der Astronaut in einer Weltraumkapsel, führte Experimente in der Schwerelosigkeit durch, Froschlaich, aus dem Kaulquappen entstanden, die Wirkungen der Erdmagnetfelder, die Veränderungen von Metallstrukturen unter Bedingungen der Schwerelosigkeit, erläuterte der Nachrichtensprecher. Braden erwachte manchmal nachts aus einem Traum, in dem er in einem Raumanzug an einem Verbindungskabel durch den Weltraum taumelte, es gab nur die Schwärze des Weltraums, die sich weiter und weiter entfernende Raumkapsel, zu der er nicht mehr zurückkehren würde. Braden sah, wie die Kerle unten in der Halle heimlich mit einem Messer in Kartons stießen, ein Mädchen eine Schnapsflasche unter ihren Pullover steckte.

«Wenn du was trinken willst, mußt du es dir schon holen kommen», rief Johanna.

Littwin drehte sich nach Braden um und grinste, zwinkerte ihm zu, winkte ihn zur Theke und rief: «Komm, Braden, trink einen mit uns!»

Braden hörte nicht hin, er sah zur Einkaufshalle und dachte immerzu, Milli müsse kommen. Lisa, eine von den Kassiererinnen, die in Keldenich wohnte, blickte zu ihm hoch, kaute an einem Fingernagel und wandte sich dann einer Frau zu, die schimpfte, daß sie endlich bedient werden wolle. Kartoffeln, ein Hemd, Weinflaschen, Büchsenmilch und Nudeln lagen auf dem Förderband. Lisa tippte Preise in die Kasse, legte die Waren vom Band in den Einkaufswagen, sah wieder zu Braden hinauf, der sie nicht beachtete, jetzt erst recht nicht, da Milli wiedergekommen war.

Als Klöcker und Littwin das Restaurant verlassen hatten, servierte Johanna Braden ein Bier und setzte sich zu ihm an den Tisch.

«Was ist mit dir los, Braden?»

Sie bohrte mit dem Fingernagel ein Loch in einen Bierdeckel, streifte mit der Schuhspitze an Bradens Bein vorbei, während er verlegen zur Kaufhalle hinuntersah.

«Milli ist nicht hiergewesen, ich würde es dir sagen. Was ist mit dir, bist du mir böse wegen vorhin? Wenn ich dich bediene, meinen die Kerle, ich müßte es bei ihnen auch machen. Was gibt's denn da zu sehen?» fragte sie und sah zur Einkaufshalle hinunter. Eine Metzgereiverkäuferin steckte heimlich Wurststücke in den Mund. Johanna langte über den Tisch und berührte Braden am Kinn, so daß er sie ansehen mußte. Aber Braden wollte sie nicht ansehen.

«Du sagst Zeiser doch nichts?»

5

«Du stinkst wie ein Schnapsladen», sagte der Busfahrer ungeduldig, kurbelte am Fahrscheinausgeber, riß den Schein ab, schimpfte, daß die Züge dauernd Verspätung hätten und er warten müsse. Dann schloß er die Tür und startete den Bus, der Motor verursachte ein tiefes Brummen, das die Wände und den Boden vibrieren ließ. Der Fahrer blickte in den Innenspiegel, bevor er losfuhr. Leute aus Keldenich und Zingsheim saßen im Bus, Kinder von den Siedlungshöfen, die im Hallenbad gewesen waren, Bärbchen mit ihrer Tochter Mechthild und Mättes, der wie Braden lange vergebens an der Straße auf einen Steinlastwagen gewartet hatte. Milli saß auf der letzten Bank, lehnte mit der Stirn am Fenster und summte etwas, während Braden durch den Gang zu ihr hin torkelte. Als der Bus losfuhr, blieb er mit seiner Jacke an einem Sitz hängen.

«Ich werf dich raus, wenn du mir in den Bus kotzt», schrie der Fahrer.

Milli sah nach draußen zu den Sandsteinfelsen, in denen Millionen von Quarzpartikeln glitzerten. Einen Moment lang wußte sie gar nicht, wo sie war, dachte, in einem fernen, unbekannten Land zu sein, auf einem Schiff an einer Meeresküste mit rötlichen Klippen. Dann sah sie Bärbchen mit ihrer Tochter, die neugierig zu ihr hinsah und Braden beobachtete, der sich neben sie setzte. Bärbchen sah aus wie eine alte Hexe mit weißen langen Haaren am Kinn. Braden war mit ihr verwandt. Hin und wieder reparierte er ihre Weidezäune, das Schuppendach, machte im Sommer das Heu für sie. Mechthild schrie mit heller piepsiger Stimme – sie mußte schreien, weil Bärbchen schwerhörig war. Sie beobachtete Braden, der nun neben Milli saß und schwieg. Es war immer schon so gewesen, sobald er in ihre Nähe kam, verlor er auf eigentümliche Weise die Besinnung, als hätte sie einen Duft an sich, der ihn betäubte und ihn willenlos machte. Den ganzen Nachmittag war er herumgelaufen, hatte sie gesucht, nun wußte er nicht, was er sagen sollte, konnte sie nur ansehen, während der Bus durch Kall fuhr, am Gemeindeamt vorbei, dem Schmuckgeschäft von Kolvenbach, der italienischen Eisdiele, der Post und der Metzgerei Engels, dem Radio- und Fernsehgeschäft von Lünebach, an Delamots Friseurladen, über die Kreuzung hinweg, unter der Bahnunterführung hindurch, weiter aus Kall hinaus.

«Es hat sich nichts verändert, es ist, als wäre ich in die Vergangenheit zurückgekommen, und du bist auch geblieben, wie du warst», sagte sie.

Er zitterte innerlich, wußte immer noch nicht, was er sagen sollte, während sie lachte und so schön aussah, als sie ihre Reisetasche auf den Schoß nahm, den Verschluß aufzog und in der Wäsche nach dem Stein suchte, den sie ihm mitgebracht hatte. Auf ihrem Handgelenk war ein Skorpion tätowiert. Sie wühlte noch in ihren Kleidern, als sie am Sägewerk vorbeifuhren, an der Straße lagen Fichtenstämme, die mit Wasser aus dem Fluß besprengt wurden, in den Fontänen bildeten sich Regenbögen. Im Fluß spielten Kinder, die vorsichtig Steine anhoben, um Schlammfische zu fangen. Die Gebäude des Zementwerkes kamen in Sicht. Milli hatte den Stein endlich gefunden und legte ihn in Bradens zitternde Hand. Er starrte darauf, stammelte ein Danke. Es war blau angemaltes, vom Wasser rundgeschliffenes Sedimentgestein.

«Gefällt er dir?»

Braden nickte.

«Es ist ein ganz besonderer Stein.»

Seine Hände schwitzten so sehr, daß die Farbe vom Stein abfärbte.

«Was machst du jetzt?» brachte er endlich hervor.

«Arbeite in Köln in einem Lederwarengeschäft als Verkaufsleiterin. Kennst du Offermann? Da arbeite ich. Es ist das größte und vornehmste Lederwarengeschäft in Köln. Es liegt am Appellhofplatz. Woher sollst du das auch kennen, Braden. Du bist bestimmt immer noch im Zementwerk an den Gesteinsmühlen. Ein Wunder, daß du noch nicht taub von dem Krach geworden bist.»

Sie fuhren den Berg nach Keldenich hinauf, sahen weit in die Ebene, die unter einem zarten Dunstschleier lag, der Ortschaften, Flüsse, Straßen, Wälder und Wiesen überwehte, immer noch stieg die Straße an bis zur Kläranlage, wo Milli früher oft gewartet hatte, bis Krämer zur Schicht gefahren war. Lange hatte sie auf der Wiese vor dem kleinen Maschinenhaus gesessen und in die braunen Abwässer im Filterbecken gestarrt. Zuletzt war Milli nur noch nach Keldenich gekommen, wenn sie nicht mehr wußte, wohin sie sonst gehen sollte.

«Ist mein Vater auf der Arbeit?»

«Der hat Spätschicht», antwortete Braden. «Komm doch mit zu mir.»

«Josefa kann mich doch nicht ausstehen, außerdem wartet meine Mutter auf mich. Ich komm zum Kirmesball, dann tanzen wir zusammen.»

Birken säumten die Straße, über den Feldern flogen Krähen. Ihr Gefieder glänzte, mühsam ruderte sie gegen den Wind an, Schatten wehender Birkenzweige strichen über den Asphalt. Braden hätte immer so weiter fahren können, doch Milli stieg bei der ersten Haltestelle des Dorfes aus. Schwankend blieb sie am Straßenrand stehen. Braden wollte zu ihr, doch der Bus war schon wieder angefahren. Er fuhr weiter ins Dorf hinein, wie in das Innere eines kleinen Labyrinths, in dessen Mitte die Kirche hockte, von einer alten Bruchsteinmauer umgeben. Auf dem Dorfplatz standen bereits Kirmesbuden, Schausteller bauten ein Karussell auf. An einem Garagentor hing ein Kirmesplakat, auf der Wiese errichteten sie das Festzelt.

Bärbchen und Mechthild standen am Ausgang.

«Du wolltest uns noch das Schuppendach vor der Kirmes decken», sagte Bärbchen vorwurfsvoll, als Braden zu ihnen kam. Mechthild hielt sich an einem Halteriemen fest und schaukelte wie eine Marionette, die Einkaufstasche klemmte zwischen ihren dürren Beinen.

«Ich mach's, sobald ich Zeit hab.»

«Wir wollen's noch vor der Kirmes gemacht haben», sagte Bärbchen, sie tappte immerzu mit ihrem Stock auf, von dem schwarzer Lack abgeplatzt war.

«Das war doch Milli.»

«Ja, ich hab's dir doch gesagt, Mutter», schrie Mechthild.

Die Tür öffnete sich. Braden sprang aus dem Bus, lief über den Dorfplatz zum Haus von Josefa und Huppertz. Sie hatten auf dem Grundstück neben dem Elternhaus gebaut. Er lief durch den Flur, die Treppe zu seinem Zimmer hinauf, verschloß die Tür hinter sich und warf seine Arbeitstasche aufs Bett. Einen Moment blieb er mit geschlossenen Augen im Zimmer stehen, holte den Stein von Milli hervor.

Überall in Bradens Zimmer standen Regale mit Steinen. Sie waren sorgfältig gekennzeichnet, mit ihrer Fundstätte, ihrem wissenschaftlichen Namen und der chemischen Zusammensetzung. Braden trug stets ein Notizheft bei sich, in das er die Namen der Steine, ihre Fundorte und Besonderheiten hineinschrieb.

Er ging immer noch unruhig im Zimmer umher, ärgerte sich darüber, daß er nicht mit Milli ausgestiegen war. Vielleicht hatte ihre Mutter sie nicht ins Haus gelassen, und sie lief durchs Dorf, wußte nicht, wo sie hingehen sollte, das Dorf, das für sie immer fremd geblieben war. Endlich blieb er vor dem Fenster stehen, beruhigte sich ein wenig, sah über den Garten hinweg zum Friedhof, wo er sich früher oft mit ihr getroffen hatte, vielleicht kam sie ja dorthin und winkte ihm zu, daß er nach draußen kommen solle. Früher hatte sie abends oft dort gestanden, abends war der Friedhof der einsamste Ort in Keldenich. Wenn es dunkel war, ging niemand mehr über den Friedhof, obwohl er mitten im Dorf lag, man seinen Weg über den Friedhof leicht abkürzen konnte. Er legte sich aufs Bett, schloß die Augen, fühlte Millis Stein, als wäre er ein leise pochendes Herz, machte sich wieder Hoffnungen, tanzte in Gedanken mit ihr. Sie hatte gesagt, daß sie mit ihm tanzen wolle. Er freute sich zum ersten Mal seit langer Zeit wieder auf die Kirmes und auf das Spiel der Musikkapelle. Sonst hatte er während der Kirmestage nur getrunken.

6

Josefa, die unten in der Küche arbeitete, hörte ihren Bruder in seinem Zimmer umherlaufen. Sie wußte bereits, daß Milli wieder im Dorf war. Als sie aus der Eifel fortgegangen war, hatte Josefa befürchtet, ihr Bruder würde sich das Leben nehmen. Er hatte sich immer Hoffnungen gemacht; wenn Milli ihm nur einen Blick geschenkt hatte, war er schon überglücklich gewesen, hatte geglaubt, er würde auch von ihr geliebt. Ohne die Steine hätte er sich umgebracht. Josefa hatte gehofft, ihr Bruder würde sie vergessen und Milli würde nie mehr ins Dorf zurückkommen. Jetzt begann alles wieder von vorn, sie ahnte, ihr Bruder konnte keine andere Frau lieben. Es wäre vergebens zu ihm hinaufzugehen, ihn zu trösten, ihn überzeugen zu wollen, daß es keinen Sinn hatte, Milli zu lieben. Er würde doch nicht mit ihr reden. Vielleicht redete er mit seinen Steinen, den Steinen, die ihm in allem recht gaben.

Josefa stellte die Suppe auf die Herdplatte, deckte den Küchentisch, setzte sich, horchte nach oben, wartete, bis das Essen aufgewärmt war. Er lief wenigstens nicht mehr in seinem Zimmer umher. Vielleicht hatte sie sich getäuscht, vielleicht hatte er nur einen besonderen Stein entdeckt, oder er hatte Probleme auf der Arbeit. Sie sah zur Wand über dem Tisch, wo Fotografien der Großeltern hingen, die damals eine Kalkgrube am Dorfrand betrieben hatten, und eine Fotografie des Vaters, darüber ein kleiner gesegneter Buchsbaumzweig, dessen Blätter gelb geworden waren. Der Vater stand mit der Musikkapelle vor der Gaststätte, nur sein Kopf und die Beine waren hinter der großen Tuba zu sehen, die er vor dem Bauch hielt. Auch Anton spielte in der Dorfkapelle Tuba. Neben Vaters hing eine Fotografie von Maria, der Urgroßtante, die so groß gewesen war, daß sie mit dem Kopf über den Türbalken hinausragte. Der Pfarrer, ein stattlicher Mann, stand neben ihr und reichte ihr gerade bis zur Achsel. Maria hatte man als Sensation auf den Jahrmärkten gezeigt. Sie war nicht alt geworden. Niemals zuvor und danach war jemand in der Familie so groß geworden wie sie. Eine Fotografie von Frank, ihrem Sohn, der studierte, und daneben hing Josefas Hochzeitsbild. Jedesmal, wenn sie zu den Fotos sah, mußte sie lächeln. Huppertz, damals noch ein junger Mann, schmal mit dunklen, pfiffigen Augen und einem Schnauzbärtchen, hatte große Pläne gehabt, wollte sich selbständig machen, seine Kunstschmiedearbeiten verkaufen. Jetzt war er ein kleiner dicker Mann, der während des ganzen Tages nur Arbeitskleidung trug, im VW-Bus herumfuhr und Propangasflaschen auslieferte. Die Scheune hatte er zu einer Werkstatt umgebaut, wo er abends schmiedeeiserne Fenstergitter und Treppengeländer anfertigte. Später legte er sich mit seinen Arbeitsklamotten zu ihr aufs Bett, roch nach Öl und verbrannter Eisenschlacke. Von ihrem Bruder hing keine Fotografie an der Wand, er wollte nicht fotografiert werden, von Anton gab es kein einziges Bild, nicht einmal eins als Baby oder Kommunionskind. Eines Tages hatte er die Bilder aus dem Album genommen; als sie ihn darauf ansprach, sagte er, er habe sie verbrannt, er wolle nicht, daß etwas von ihm als Erinnerung zurückbleibe. Sie mußte noch mit Anton über das Elternhaus reden, es verfiel mehr und mehr. Er lagerte einen Teil seiner Steinsammlung dort. Auch Soto, der Schrott- und Altwarenhändler, brachte sein Zeug dorthin. Das Haus war vollgestopft mit Kleidersäcken, alten Schuhen, Kisten und Eimern mit rostigen Nägeln und Schrauben, all dem Kram, den Soto aus Nachlässen und bei Bahnhofsversteigerungen erstand. Soto hortete, was er kriegen konnte. Er war aus dem Krieg mit einer Kopfverletzung zurückgekommen. Immer noch steckten magnetische Metallsplitter in seinem Schädel, und er gefiel sich darin, seinen magnetischen Kopf zu demonstrieren, indem er Nägel, Messer, Fahrradklingeln an seine Stirn heftete. Das Haus mußte verkauft werden, bevor es gar nichts mehr wert war. Huppertz drängte sie immer wieder, mit Braden darüber zu reden. Huppertz war wieder unterwegs, er lieferte Propangasflaschen aus. Braden kam nur in die Küche, wenn Huppertz nicht im Haus war. Früher sollte er seinem Schwager bei der Arbeit zur Hand gehen, aber es ging nicht. Er war Huppertz nicht geschickt genug. Huppertz konnte nicht verstehen, daß Braden die Steine wichtiger waren als die Arbeit. Braden vergaß Sachen, die man niemals vergessen durfte, wenn man vernünftig arbeiten wollte. Huppertz konnte es nicht ertragen, wenn Braden beim Befestigen eines Treppengeländers an andere Dinge dachte, sich nach einem Stein bückte, ihn lange betrachtete und alles um sich herum vergaß. Es schien ihm, als würde Braden sich mit den Steinen unterhalten. Häufig war Huppertz dann so wütend geworden, daß er ihn anbrüllte. Mittlerweile redeten sie kaum noch miteinander. Huppertz schimpfte darüber, daß Anton die Steine im ganzen Haus, bei Bärbchen und in ihrem Elternhaus herumliegen hatte. Zusammengesammelter Dreck, sagte er. Er hatte Anton für seine Steine im Garten einen Schuppen freigeräumt, aber der schleppte sie überallhin, nur nicht in den Schuppen. Josefa hätte es gern gesehen, wenn die beiden sich besser verstanden hätten. Seit Frank aus dem Haus war, gab es doch keinen Grund mehr für die Eifersucht. Frank hatte immer mehr an Anton gehangen als an seinem Vater. Oft war er mit ihm durch die Gegend gestreift, sie hatten Steine gesucht, und jetzt schrieb er ihm regelmäßig. Vielleicht ist Frank ja genauso verrückt wie Anton, dachte sie, nur, daß er das Steinesammeln zu seinem Beruf machen will. Anton wäre auch klug genug dazu gewesen, er hätte auch Mineralogie studieren können. Sie dachte dies, obwohl sie gar nicht genau wußte, was man mit diesem Beruf anfangen konnte. Huppertz behauptete, es wäre Antons Schuld, wenn Frank später einmal arbeitslos sein würde. War Huppertz betrunken, brüllte er herum, Anton solle seine Drecksteine in die Schränke im Schuppen legen, sonst würde er sie alle in den Steinbrecher schmeißen. Josefa hatte Verständnis für Antons Sammlung, denn schon der Vater hatte sich dafür interessiert. Anton sah seinem Vater sehr ähnlich, hatte dieselben Augen und redete so langsam und bedächtig wie er. Er war für sie etwas Besonderes, jedenfalls war er nicht so wie die anderen in Keldenich, die sich in das Leben hineingefügt hatten, die an kein Geheimnis mehr glaubten.

Als Braden nach unten kam, stellte sie ihm die Suppe auf den Tisch. Er setzte sich hin, zog den Stuhl heran, beugte sich über den Teller und begann die Suppe zu löffeln. Etwas Brühe lief ihm am Mundwinkel hinab, die er mit dem Handrücken abwischte. Er war beim Friseur gewesen, wie sie es ihm gesagt hatte. Wenn er sich mehr pflegen würde, könnte er andere Frauen haben als diese Milli, dachte sie, Lisa war doch eine nette Frau. Sie wagte nicht, ihren Bruder auf sie anzusprechen. Es hatte auch keinen Sinn. Seine Gedanken schienen nur noch bei Milli zu sein. Josefa wusste Dinge von ihr, die so schlimm waren, daß man sie Anton gar nicht erzählen durfte. Als er einmal mit dem Moped durch Keldenich gefahren war, um sie zu suchen, war sie bei Dahmen gewesen und hatte sich auf einem Stuhl stehend die Kleider ausgezogen. Die Männer hatten ihren Darbietungen Beifall geklatscht, hatten sich über sie lustig gemacht. Sie war fast nackt, als Anton hereinkam, Dahmen hatte sie schnell hinter der Theke versteckt. Auf seine Frage, wo Milli sei, hatten sie so getan, als ob sie es nicht wüssten. Selbst wenn er sie damals dort gesehen hätte, hätte er ihr verziehen. Es hatte keinen Sinn, weiter darüber nachzugrübeln.

«Was ist mit dem Bauarbeiter?» fragte Josefa.

«Ich weiß nichts, hab im LKW gesessen, als Höger ihn gefunden hat.»

«Die Polizei war heut mittag schon im Dorf. Das wird wieder eine Aufregung geben. Sie haben sich nach Zeiser erkundigt.»

«Was hat Zeiser damit zu tun?»

«Johanna hatte doch ein Verhältnis mit dem. Sie werden noch einige im Dorf vernehmen.»

«Ist mir egal», sagte Braden.

«Gehst du noch zu Bärbchen? Sie möchte gern, daß über die Kirmes alles aufgeräumt ist.»

«Ich geh gleich hin.»

Er löffelte die Suppe, achtete nicht einmal auf den Brief von Frank, den Josefa auf den Tisch gelegt hatte. Sonst machte er die Briefe immer sofort auf und las sie laut vor, noch bevor er gegessen hatte. Das meiste von dem, was Frank schrieb, verstand sie nicht, es waren Berichte über Exkursionen, seine Studien über Gitterstrukturen von Metallen, und manchmal stand zwischen den Zeilen *...ich weiß, Mama, das langweilt dich, aber ich muß Anton das mitteilen.* Aber am Ende standen immer Grüße an sie. Oft bestellte sich Anton daraufhin teure Bücher. Wenn sie sein Zimmer aufräumte, lagen dort Zettel, vollgekritzelt mit mathematischen Formeln, Feinschliffe von Gesteinen, Zeichnungen kristalliner Gitter und Röntgenstrukturaufnahmen.

Während Josepha Anton betrachtete, dachte sie, daß er genauso unzivilisiert aß wie Huppertz. Und doch hatte sie bei ihrem Bruder ein liebevolles Gefühl, wogegen sie bei Huppertz wütend wurde, ihm am liebsten den Teller weggerissen hätte, um das Essen auf den Tisch zu schütten, ihm zu sagen, er könne es auch aufschlecken wie ein Vieh. Schließlich bemerkte er den Brief doch noch, sah auf den Absender und steckte ihn in die Tasche. Sie war nicht traurig darüber, daß Frank nur an Anton schrieb. Irgendwie war es ihr sogar recht. Sie nahm den Schöpflöffel und gab ihrem Bruder noch Suppe. Dann ging sie wieder zur Spüle. Es hatte keinen Sinn, ihn jetzt auf das Elternhaus anzusprechen. Sie wußte, daß er doch nicht verkaufen wollte. Ihre Hände fingerten im Spülwasser nach Tellern, die sie mit einem Schwamm abwusch, auf die Ablage zum Abtropfen legte. Im Steinbruch wurde gesprengt, die Erschütterungen brachten die Gläser auf der Spülablage zum Klirren. Der Steinbruch war nicht mehr weit von Keldenich entfernt, ein Stück hinter der Umgehungsstraße, ein paar Felder und Viehweiden lagen noch zwischen dem Dorf und dem Steinbruch. Sie war seit ihrer Kindheit nicht mehr dort gewesen; damals nur ein großes Loch, war er seither täglich größer geworden. Anton hatte einmal gesagt, Keldenich würde darin versinken, die Kirchturmspitze nicht einmal mehr hervorschauen. Der Steinbruch wuchs und wuchs, er würde das Dorf bald erreichen, es würde in ihm verschwinden wie im Bauch eines riesigen Tiers. Dann würde es sein, als hätten sie alle nie gelebt.

7

Bärbchen saß in ihrem alten Sessel vor dem Küchenfenster. Auf dem Fensterbrett stand ein Marmeladenglas, in dem ihre Zahnprothese schwamm. Mechthilds Hund, ein dicker Spaniel, war mit der Leine am Tischbein festgebunden. Er kläffte und zerrte an der Leine. An seinen Lefzen hing Speichel, der umherflog, als er den Kopf schüttelte. Mechthild hockte sich hin, drückte den Kopf des Spaniels an ihre Wange. Sie liebte den Hund sehr. Draußen auf der Gartenwiese weideten Schafe, einige versuchten, an die Blätter der Obstbäume zu gelangen, indem sie sich auf die Hinterbeine stellten und sich mit den Vorderbeinen am Stamm aufrichteten. Sie nagten an der Baumrinde, an ihrem Fell hing getrockneter Mist.

Mechthild holte eine Flasche Siegerkorn aus dem Küchenschrank. Immer wenn Bärbchen die Augen geschlossen hatte, ging sie heimlich an den Schnaps. Sie schenkte sich und Braden ein Glas ein. Nach dem dritten Glas rüttelte sie ihre Mutter wach. Bärbchen erwachte, drückte zitternd Bradens Hand, wie Würmer liefen die Adern unter der fleckigen Haut über ihren Handrücken. Mit ihren noch hellen klugen Augen musterte sie Braden, in ihrem Geist begann sich bereits das Leben zu wiederholen, die Vergangenheit wurde wirklicher als die Gegenwart. Vielleicht war sie im Dorf immer wirklicher als die Gegenwart gewesen, denn niemand wurde hier ohne seine Vergangenheit gesehen, deshalb konnte niemand etwas anderes sein, als das was er in den Augen der Leute war.

Bärbchen machte sich Sorgen. Was würde aus ihrer Tochter werden, wenn sie nicht mehr da war, sie konnte nicht allein leben, Braden wäre der richtige Mann für sie. Wenn sie sich anders kleiden würde, könnte man die Verwachsung an ihrer Schulter nicht sehen. Insgeheim hoffte sie, daß Braden sie heiraten würde. Er war ein guter Kerl, etwas eigentümlich, im Schuppen und in der Scheune hatte er seine Steine herumliegen, und am Nachmittag war Soto von einer Versteigerung in Köln gekommen, hatte Schränke und einen ganzen Wagen mit Kleidern, Regenschirmen, Büchern, rostigen Nägeln und Küchengeräten in die Scheune neben dem Haus geschleppt.

Bärbchen erinnerte sich, wie sie als Kind die Steine von den Feldern aufsammelten, in Körben zum Feldrand schleppten; aber es waren immer wieder neue Steine da. Sie wuchsen schneller als die Frucht. Sie dachte daran, wie sie einmal mit einem Stein, der rund und glatt gewesen war, vor der Aussaat über das Feld lief, warm war er, wie ein frischgelegtes Ei. Sie stolperte über die Ackerfurchen, große weiße Wolken waren ihr wie aufgeblähte Schiffssegel vorgekommen, Schiffe, die über einen Ozean dahinglitten. Das Feld war angestiegen und in den Himmel gekippt. Für einen Moment war sie allein gewesen, die Mutter hatte mit anderen Frauen am Feldrand gesessen. Es war während des Krieges, zu einer Zeit, da die Frauen allein im Dorf lebten. Die Wolken hatten warmen Regen ausgeschüttet. Die Frauen hockten mit über die Köpfe geschlagenen Röcken am Feldrand. Auf den rötlichen Stein war ein Tropfen gefallen, der immer größer wurde, wie ein Geschwür größer wurde. Sie erinnerte sich noch, wie der Stein auf dem Feld gelegen und sie sich nach ihm gebückt hatte, an den Schatten ihres Armes auf der Erde, als die Hand den Stein aufhob und mit dem Handballen die lehmige Erde abrieb. Feine Poren hatte der Stein gehabt, wie die mikroskopische Aufnahme der Haut, aber er war dennoch glatt und rund, als besäße er ein Licht im Inneren. Sie konnte sich noch an alles erinnern, aber sie wußte nicht, warum sie sich daran erinnern konnte, wieso sie den Stein schließlich fortgeworfen hatte, er mußte noch irgendwo liegen, am Feldrand oder in den Hügeln der aufgeschichteten Steine. Sie hätte ihn gerne wiedergefunden und Braden gefragt, was für ein Stein es sei. Vielleicht war er wertvoll. Für Braden war jeder Stein wertvoll. Sie müßte mit ihm über Mechthild reden. Braden sah auf den Fernseher, eine Rakete startete, von einer Kamera verfolgt, bis sie winzig wie ein Stecknadelkopf war, sich über dem Pazifik befand. Sie wird immer weiter fliegen, bis an den Rand des Universums, sagte der Reporter. Wenn es noch irgendwo intelligentes Leben gibt, so werden diese Lebewesen die Symbole im Inneren der Rakete interpretieren können. Vielleicht würde Mechthild nicht mehr so viel trinken, wenn sie einen Mann hätte, verlöre ihre Angst vor Krankheiten, ginge nicht immer in die Scheune, um die alten Kleidungsstücke, die Soto anschleppte, anzuziehen. Braden würde als ihr Schwiegersohn das Ackerland bekommen; da es in der Nähe des Dorfes lag, würde es bald Bauland werden. Wenn sie von Zeit zu Zeit Land verkauften, würde es genügen, um davon zu leben.

Als Braden nach draußen ging, lief Mechthild hinter ihm her. Ein Huhn flatterte vom Sattel eines alten Fahrrades, das am Schuppen lehnte. Sie folgte Braden, während dieser die Schafe von der Weide trieb, neue Zaunpflöcke einschlug und Maschendraht spannte. Sie erkundigte sich nach dem Bauarbeiter, aber Braden sagte nichts. Wie ein kleines Hündchen lief Mechthild hinter Braden her, und wenn er sich während der Arbeit umdrehte, stieß er sie häufig aus Versehen an. Ob es stimme, daß jetzt ein anderer Bauarbeiter eine Liebschaft mit Zeisers Frau habe. Sie hätten es im Geschäft erzählt.

«Die hat nie für einen Bauernhof getaugt. Als ich sie das erste Mal sah, wußte ich, daß Zeiser mit der nur Unglück haben würde. Gefällt sie dir, Braden?»

Die Birnen waren so reif und saftig, daß die Wespen sich Höhlen hineingegraben hatten, in denen sie ganz verschwanden; wenn sie wieder herauskrabbelten, zitterten sie den klebrigen Saft von ihren Flügeln, flogen wie betäubt herum. Überall ums Haus standen Wassereimer, um zu löschen, wenn ein Blitz einschlüge oder der Feuerteufel die Scheune in Brand steckte. Braden kletterte auf den Schuppen. Mechthild reckte sich, reichte ihm Dachpappe hinauf. Braden konnte deutlich ihre Verwachsung sehen, die ihm wie ein zweites Gesicht erschien, welches man nicht anblicken durfte. Vom Schuppendach sah Braden zur Dorfstraße hinüber, die wie eine rostige Stange in einen faulen Apfel stach.

8

Milli saß auf dem Himmelberg, an dem alten Viehtrog, sah hinüber zum Dorf, über das Boletal hinweg zum Steinbruch. Mehrmals am Tag wurde gesprengt, ein Signalhorn ertönte, die Steinbrucharbeiter liefen zu ihrer Schutzhütte, die Erde erzitterte von einer Detonation, Wälder aus Staubwolken wuchsen aus dem Loch des Bruches, Steinbrocken schleuderten hoch und fielen auf die Wiesen. Wenn der Staub verweht war, ertönte wieder das Signalhorn, die Arbeiter kamen aus ihrem Unterstand heraus und gingen zurück an die Arbeit. Milli sah die farbigen, in der Sonne glänzenden Karosserien der Autos über die Landstraße am Dorf vorbeifahren. Sie wußte nicht, warum sie immer wieder ins Dorf zurückkehrte, niemand konnte sie hier leiden, sie hatte nie zum Dorf gehört. Nur Braden liebte sie, aber dessen Liebe war mehr, als sie ertragen konnte, weil es ihr unmöglich war, ihm das zu geben, was er wollte. Sie würde ihn nur enttäuschen, alles würde nur noch schlimmer werden, wenn sie mit ihm zusammen wäre. Aber er war der einzige Mensch, der sie liebte, vielleicht kam sie deswegen immer wieder ins Dorf zurück. Sie versteckte sich vor ihm, und sie suchte ihn.

Als Milli nach Hause gekommen war, hatte ihre Mutter ihr Vorwürfe gemacht, hatte davon gesprochen, daß die Leute nun wieder über sie reden würden, hatte sie gebeten, zu gehen, bevor Krämer von der Arbeit komme, ihre Mutter fürchtete sich immer noch vor ihm, vor seinen Ausfällen, wenn er betrunken war, vor der stillen, abwartenden Schweigsamkeit vor dem Fernseher, die sich nur mit Bösartigkeit vollsog, um sich dann im Suff zu entladen, so daß man nicht mehr wußte, ob es Krämer war, der sie durch das Haus jagte und schlug, oder ein bösartiger Dämon, der von ihm Besitz ergriffen hatte und der ihn selbst jagte. Schon als Mädchen war sie in solchen Nächten auf den Himmelberg gelaufen und hatte oft die ganze Nacht am Trog zugebracht. Im Himmel über dem Berg flatterten Krähen. Krähen, die mit dem Wind über die Wiesen, Wälder und über das Dorf flogen, zum Sportplatz, wo die Jungs Fußball spielten, über die Felder und Pingen, in denen früher Eisenerz gefördert worden war, zum Zementwerk hinüber, über den Friedhof und die Häuser; sie wartete, daß jemand vorbeikommen würde, als aber tatsächlich jemand kam, versteckte sie sich, schloß die Augen, sah farbige Punkte, die sich miteinander verbanden zu Molekülen, und als sie die Augen wieder öffnete, schlenderte der alte Wassong durch das Tal zu seinen Pferden, vorbei an einem alten Kajütboot, das am Hang stand und langsam verrottete. Dieses Boot stand wie eine kleine Arche am Rande des Berges, wo Lastwagen langsam wie große urzeitliche Tiere aus dem Steinbruch krochen. Sie schleppten einen Staubschleier hinter sich her, über den Höhenrücken bis zur Landstraße, fuhren an Keldenich vorbei, wo Zeiser gerade im Feld mit der Forke am Traktor Strohwalzen aufspießte, sie zu einer Gestalt auftürmte, die ein Schild umgehängt bekam, auf dem zur Keldenicher Kirmes eingeladen wurde. Die Gestalt stand im Feld gegenüber der Dorfeinfahrt, so daß man den Hinweis im Vorbeifahren lesen konnte. Braden saß bei Höger im LKW, er fuhr manchmal tagelang mit Höger, es war, als würde er mit ihm Reisen unternehmen, in ferne Weltgegenden, in weit, weit zurückliegende Vergangenheiten. Manchmal stieg er irgendwo aus, lief durch die Kalkmulden und Triften, suchte nach Steinen und Versteinerungen, die er mit zum Straßenrand schleppte, wo er dann wieder auf einen vorbeifahrenden LKW wartete.

Immer, wenn Braden mit ihr zusammengewesen war, hatte er von seinen Steinen geredet, von Meteoritensteinen, entstehenden Planeten, wie sich aus einem solaren Nebel Sonnen und Planeten zu festen Massen verdichtet hatten, einmal hatte er einen Stein, der von einem Meteoriten stammte, gefunden, einem der Meteoriten, die die Sonne zwischen Jupiter und Mars in einem dichten Gewirr umkreist hatten, wo sie zuweilen aufeinanderprallten und ihre zerberstenden Gesteine den bisherigen Bahnbereich verlassen hatten und auf die Erde gefallen waren. Er hatte ihr Bücher gegeben, in denen viel über die Erdgeschichte stand, aber sie hatte sie nie gelesen, hatte sie in einem Antiquariat in der Stadt für ein paar Mark verkauft.

Unten am Hang im Schatten der Schlehdornbüsche grasten Kühe, die im Laufe des Tages immer weiter den Berg hinaufkamen, sie waren eine Art Uhr, wenn sie oben am Trog standen, würde Pitter bald kommen. Die untergehende Sonne entflammte das Gras, strich wie eine sanfte goldene Sense über den Hang. Die Kühe standen um den Trog und betrachteten sie neugierig mit bernsteinfarbenen Augen, ihr Atem roch nach verdautem warmem Gras. Es war ihr, als gehörte sie zu der Herde. Als es endlich dunkel geworden war, erschienen die Sterne, weit entfernte, glitzernde Punkte, entstehende und bereits gestorbene Welten. Sie hörte Pitter den Berg heraufklettern, der Hang war so steil, daß er auf allen vieren kriechen mußte. Dabei blies er in eine Mundharmonika, an der einige Blättchen fehlten und andere rostig waren. Als er oben war, kniete er sich vor sie, fuhr mit den Fingerspitzen über ihr Gesicht, sagte Worte, die sie nicht verstehen konnte, sie verstand ihren Namen, aber sie war sich nie sicher, ob er sie oder eine der Kühe meinte, die ebenso gerufen wurde. Pitter setzte sich zu ihr an den Trog. Eine Hasenscharte verunstaltete seine Oberlippe, alles, was er sagte, klang näselnd und schnarrend. Er zeigte auf die Autos, die auf der Straße am Dorf vorbeifuhren. Autos, deren Scheinwerfer in die Dunkelheit hineinstachen und Tunnel gruben, die hinter ihnen wieder mit Dunkelheit zugeschüttet wurden, als wären sie danach lebendig begraben. Immer noch krochen LKWs aus dem Bruch, die Scheinwerfer im Steinbruch strahlten in den Himmel und schnitten sich mit den irrenden Lichtern der LKWs, ein bräunlicher Schein, der den Abglanz der Erde und der Steine enthielt. Pitter schlug in der Dunkelheit Purzelbäume, rollte den Hang hinunter, aß Kuhfladen und spuckte sie wieder aus, um ihr zu imponieren, seine Laute schienen eine geheime Melodie zu haben, manchmal ekelte sie sich vor ihm, dann liebte sie ihn wieder wie einen Sohn. In der Nacht wurde er unruhig und lief in der Gegend herum, sie fragte sich, was für eine Droge in seinem Blut kreiste, manchmal hatte sie den Eindruck, er könne wie eine Katze nachts sehen. Dann verschwand er, lief den Hang hinunter bis zum Feldweg, der sich durch das Boletal schlängelte, unter einer Brücke ins Dorf führte, dieses Dorf, von dem sie nicht wußte, ob sie es liebte oder haßte, und von dem sie manchmal, wenn sie in der Stadt war, glaubte, es würde nicht mehr existieren, so daß sie sich in den Zug setzte und voller Ungeduld darauf zufuhr, bis sie vom Zugfenster aus die Kirche oben auf dem Berghügel sah und sie mit dem nächsten Zug wieder zurückfuhr.

Milli war im Trog eingeschlafen, dem Trog, der wie eine Hängematte zwischen den Sternen hing, sie schlief bis in die noch tiefere Dunkelheit, wo alles verstummte, die Lichter im Dorf und im Steinbruch ausgegangen waren, Pitter mit

Lebensmitteln zurückkehrte, die er irgendwo geklaut hatte. Sie hatte kaum Hunger, aber Pitter wollte unbedingt, daß sie aß, er fütterte sie, gab ihr zu trinken, dann zog er sie hinter sich her. Sie konnte nichts sehen, als sie durch die Wälder liefen, stolperte blind herum, stürzte in Pingen, roch die feuchte, modernde Erde, hörte das Aufflattern der Vögel, das Schreien eines Uhus, dachte an die Käfige von Georg, die sie manchmal nachts besuchte. Sie folgte Pitter bis zur Strohgestalt, die sein Vater am Nachmittag aufgestellt hatte. Er tanzte um die Gestalt herum, blies in seine scheppernde Mundharmonika, dann liefen sie zum Steinbruch, wo nun, da die Scheinwerfer ausgeschaltet waren, ein riesiges Loch mit Dunkelheit gefüllt war. Irgendwo hatten die Uhus auf einem Felsvorsprung ihr Nest, manchmal hörte man sie in der Dunkelheit schreien, ein Geräusch, von dem sie eine Gänsehaut bekam. Sie setzten sich an den Rand, ließen Steine hinunterfallen, in diese Dunkelheit, die die Geräusche schluckte. Pitter balancierte am Grat entlang, sie hatte Angst um ihn, rief ihn zurück, plötzlich sprang er hinab und schrie dabei wie eine Elster, vielleicht glaubte er, fliegen zu können, landete unten in einem weichen Geröllfeld, und sie mußte es ihm gleichtun, schwebte lange durch die Luft, ohne zu wissen, wo sie aufkam. Sie mußten ganz um den Bruch herumlaufen, um zur Schutzhütte der Steinbrucharbeiter zu gelangen. Pitter holte den Schlüssel vom Boden des Wasserfasses, wobei er mit Kopf und Oberkörper hineintauchte, das Wasser über den Rand schwappte und er triefend naß mit dem Schlüssel wieder zum Vorschein kam. Ein Schwarm winziger Mücken schwebte über dem Wasser, auf dessen kabbelnder Oberfläche sich ihr Gesicht im Mondlicht spiegelte, während sie sich wusch und dachte, ihr Gesicht würde sich in winzige Mücken auflösen. Sie war dürr geworden wie ein Gespenst und fürchtete sich vor sich selbst. Sie müßte viel mehr essen, sonst würde es nicht mehr lange mit ihr gehen. Pitter hatte die Hüttentür aufgeschlossen, auf dem Tisch lagen alte Zeitungen, pornografische Zeitschriften, Pitter blätterte darin, an der Wand hingen Arbeitskleider, die sie nach Geld durchsuchte. Die Steinbrucharbeiter verdienten nicht genug, um leichtfertig ihr Geld zurückzulassen. Sie trank etwas Schnaps, nahm die Zigaretten mit, die auf dem Tisch lagen. Pitter fand in der Dunkelheit Pfade wie eine Katze, Pfade, die sie am Zementwerk, am Friedhof, an den Uhukäfigen vorbeiführten, an den Mäandern der Urft entlang, einmal wurde er ganz aufgeregt, sprang herum, lief so schnell, daß sie ihm kaum folgen konnte. Er rief den Namen des Bauarbeiters, den man in der Urft gefunden hatte, entfernte sich vom Fluß über die Auwiesen zur Landstraße, wo sie den Hang zur Stolzenburg hinaufkletterten und still an dem Platz vorbeischlichen, wo Strohwang nach seinem Schatz suchte, dort, wo vor langer Zeit eine Brücke über das Tal geführt hatte, die zwei Burgen miteinander verbunden hatte, wo im Krieg ein Flugzeug auf einem Felsen zerschellt war. Sie rannten weiter durch den Wald, über eine Höhenwiese auf das Bruckshaus zu, ein Haus, das inmitten einer Wiese lag und während des Krieges als Ausbildungsstätte für Schäfer gedient hatte. Als sie endlich den Höhenrücken erreicht hatte, wurde sie unruhig, der Schmerz begann leise und steigerte sich mit jedem Schritt. Pitter war verschwunden. Sie rief nach ihm, irrte umher, wußte nicht mehr, wo sie war, wußte nur noch, daß sie zum Bruckshaus mußte. Plötzlich war Pitter wieder vor ihr, sie stolperte hinter ihm her. Im Bruckshaus sah er ihr zu, wie sie in der Dunkelheit herumtastete, in ihrem Rucksack wühlte, schließlich etwas fand, es gierig in den Mund steckte, hustete und sich erbrach. Er sah ihr zu, ohne Ekel oder Abscheu, wie ein Tier einen ruhig und erwartungsvoll anblickt. Dann kam er zu ihr, und sie wärmten sich aneinander und schliefen ein.

9

Braden war unruhig, er hüpfte auf dem Moped, als würde er auf einem Karussellpferd reiten. Von weitem sah das Zementwerk aus wie die Ruine einer großen Burg. Aus den Ritzen der Gebäude und dem Schornstein des Wärmetauschers quoll weißer Staub. Früher war so viel Staub aus den Schornsteinen geblasen worden, daß Bäume und Sträucher mit einer weißen Schicht überzogen waren. Nachdem Braden seine Arbeitskleider angezogen hatte, ging er zum Pissoir, stellte sich auf das Podest vor der Rinne und blickte, während er seine Blase entleerte, durch das Fenster. Zur Nachtschicht hielten sich nur wenige Arbeiter im Zementwerk auf. Unter den Etagendecken des Wärmetauschers und an den Türmen der Silos waren Neonröhren angebracht, die flackernd unter den matten Abdeckwannen aufleuchteten. Hensch, einer der Drehofenarbeiter, schleppte sich mühsam den steilen Weg zu den Gesteinsmühlen hinauf. Die Wasserspülung des Pissoirs ging schorzend an, Wassertropfen fielen auf Bradens Hand, die er an der Hose abwischte. Auf dem Boden der Toilettenhäuschen lagen zerlesene Illustrierte mit nackten Frauen. Ein LKW fuhr von der Landstraße auf das Zementwerksgelände. Er fuhr den Berg hinauf zum höher gelegenen Teil des Zementwerks, wo sich der Wendeplatz befand, die Scheinwerfer fielen gegen die Felsgrate eines unergiebigen, längst stillgelegten Steinbruchs, aus dem nur noch selten Material geholt wurde.

Braden holte seinen Helm aus dem Spind. Immer wenn er die Spindtür öffnete, fiel sein Blick auf die Fotografie von Milli. Die Aufnahme war fast zehn Jahre alt. Milli hatte sich sehr verändert, aber für Braden war sie dieselbe geblieben. Er hatte sie seit der Busfahrt nicht mehr getroffen. Höger hatte sie einmal in Kall gesehen und Braden davon erzählt. Braden hoffte, sie würde bleiben, vielleicht hatte sie endlich eingesehen, daß niemand sie so sehr liebte wie er. Er betrachtete die Fotografie, sie war zerknittert, einmal hatte er sie abgerissen, zerknüllt und in den Abfalleimer geworfen und dann wieder herausgeholt. Vorsichtig löste er die Fotografie vom Spind, verschloß die Tür und ging, Millis Bild anschauend, den Weg zu den Gesteinsmühlen hinauf. Oben angelangt, überquerte er die Wendeplattform, auf dem Weg zu den Mühlengebäuden, seinem Arbeitsplatz. Es waren Gebäude, die ohne Plan errichtet worden waren; jedesmal, wenn eine neue Etage benötigt wurde, hatte man hochgemauert, notdürftig zusammengeflickt, Eisengitterroste als Etagenboden eingezogen. Aus dem Eingang quoll feiner bräunlicher Staub, er drang in die Abdeckwannen der Neonbeleuchtung und verdunkelte sie, man konnte nur ein paar Meter weit sehen. Der Staub war in ständiger Bewegung, die rotierenden Trommeln wirbelten ihn immer wieder auf, aus undichten Rohrverbindungen kam neuer Staub hinzu. Braden schluckte den Staub, rotzte ihn aus, atmete, schluckte ihn wieder; der Staub lagerte sich in seinem Inneren ab, kroch in die Ohren, verkrustete die Haare, er roch bitter, kratzte im Hals, belegte die Zunge, schmeckte wie alter Pfeffer. Mathesius, der Werksleiter, behauptete, Staub und Lärm in den Mühlengebäuden verursachten keine gesundheitlichen Schäden.

Als Braden über die Wendeplattform ging, stand Walbers LKW am Schüttloch. Das Gestein rutschte von der Ladefläche ins Schüttloch, sackte langsam ab, wurde vom Förderband zum Gesteinsbrecher transportiert. Der Krach der Drehmühlen war so laut, daß Braden nicht einmal mehr den

LKW-Motor hörte. Je näher er den Gesteinsmühlen kam, um so schmerzhafter wurde der Lärm. In den Mühlengebäuden war er nur noch ein ständiges Klopfen im Gehirn, das, je länger Braden sich dort aufhielt, dumpfer und dumpfer wurde, bis es schließlich ein leiser, stechender Summton geworden war. Es erschien ihm, als würden seine Gedanken, ebenso wie das Gestein, im Inneren der Mühlentrommeln von den rotierenden Eisenkugeln zu feinem Staub gemörsert. Nach einiger Zeit war Braden wie betäubt, ihm schwindelte, er begann über alles zu lachen und spürte gleichzeitig eine Wut in sich, Wut, mit der er jemanden hätte umbringen können. Im Ersatzteilmagazin wurden Ohrenstöpsel für die Mühlenarbeiter ausgegeben. Sie halfen nicht, dämpften den Lärm nicht einmal, die Mühlenarbeiter benutzten die Ohrenstöpsel deshalb nicht. Sie kneteten die rosafarbenen Kügelchen zwischen Daumen und Zeigefinger und steckten sie nur in die Ohren, wenn ein Meister in der Nähe war, um dann darauf zu deuten und mitzuteilen, daß sie seine Anweisungen nicht verstehen konnten. Wenn man längere Zeit in den Mühlen arbeitete, wurde man unweigerlich verrückt. Man begann den Lärm zu lieben, verheiratete sich mit ihm, wie Strohwang, der sich über der Mühle ein Lager aus einem großen Pappkarton und Putzwolle gebaut hatte, in dem er während der Nachtschicht schlief. Der Lärm der Gesteinsmühlen schluckte jedes Wort. Braden war es recht, daß alles von diesem Krach gefressen wurde. So war es egal, ob man etwas sagte oder nicht.

Bradens Arbeitsplatz war ein kleiner Verschlag zwischen den Mühlengebäuden, von dem aus er das in den Brecher hinabsinkende Gestein und das Förderband sehen konnte, welches das Gestein zum Brecher transportierte. Wenn das

Förderband blockierte oder die Gesteinslast zu groß war, stoppte er mit einem Tastendruck den Förderbandmotor und kletterte in den Schacht hinunter. Oft holte er Versteinerungen, die er vom Verschlag aus entdeckt hatte, vom Förderband und rettete sie für seine Sammlung. Häufig hatte Scory, der Meister, ihn deswegen angeschrien, er solle den Betrieb nicht wegen der Drecksteine aufhalten. Doch Braden konnte nicht davon lassen. In der Nachtschicht gab es keinen Meister, er war sein eigener Herr, darum arbeitete er lieber in der Nacht. Am Tag fuhr er mit Höger im LKW, schlief eine Zeit, wurde wach, unterhielt sich mit Höger, der immer etwas zu berichten wußte, stieg irgendwo an der Landstraße aus und lief die Kalkmulden und Triften entlang auf der Suche nach Steinen. Irgendwann stand er wieder an der Straße, um auf einen vorbeikommenden LKW zu warten, mit dem er zur Nachtschicht fuhr.

Krämer wartete ungeduldig am Schüttloch auf seine Ablösung. Er stieß einen Stein am Rande des Lochs mit dem Schuh in den Brecher, kratzte sich an der Wange und vermied es, Braden anzusehen, seine Augen blickten unruhig. Er schrie etwas, das Braden wegen des Lärms nicht verstehen konnte. Am Schirm seines Schutzhelms war eine Ecke herausgebrochen.

«Gibt's was Besonderes?» schrie Braden.

Krämer schüttelte den Kopf, wandte sich ab, ging zum Verschlag, zwängte sich dort hinein, holte seine lederne Tasche, klemmte sie unter den Arm und verließ den Arbeitsplatz wieder. Braden lief hinter ihm her, schrie, was mit Milli sei, doch Krämer antwortete nicht. Braden folgte ihm bis zu den Förderbändern, dort hielt er ihn am Arm fest, worauf Krämer sich losriß und zum Labor hinunter floh, von dort führte der Pfad steil ins Zementwerk hinunter.Braden wollte ihm nachlaufen, ihm sagen, daß seine Tochter wieder da sei, ihm dies so lange ins Gesicht schreien, ihn dabei rütteln, so lange, bis er es begreifen würde. Aber es hatte keinen Sinn. Mit jedem Schritt verschwand Krämer im Hang, als säbelte etwas ihm von unten her die Beine weg. Braden hatte schon so oft versucht, mit Krämer über Milli zu reden, es schien, als gäbe es sie nicht mehr für Krämer; wenn er von einer Tochter sprach, dann nur von Petra, seiner leiblichen Tochter, die das Gymnasium besucht hatte und Ingenieurin geworden war.

Braden holte die Schaufel und warf Gestein und Erde ins Schüttloch. Dann suchte er den Verschlag wieder auf, der die Größe eines Hochstandes besaß, wo es nach muffigem, süßlichem Schweiß und Zigaretten roch, an der Bretterwand hing eine Fotografie von Krämers Tochter Petra. Es schien, als würde sich im Verschlag ein Teil des Lärms gegeneinander aufheben. Braden stieg über die Bank, setzte sich, machte Notizen im Schichtbuch, in das jeder LKW, der abgekippt hatte, mit Kennzeichen und Uhrzeit eingetragen wurde. Seit dem Nachmittag hatte Krämer zwanzig LKWs notiert. Krämer hatte eine winzige akribische Schrift. Braden vermerkte den Schichtwechsel, blickte dann durch das Fenster in den Schacht, wo das Förderband lief. Das Gestein wurde vom Kipploch aus schräg hinauf transportiert, verschwand hinter einer Gummimatte, die schwerfällig über Steinbrocken schleifte. Er stoppte das Förderband, wartete eine Weile, bis das Gestein aus dem Schüttloch nachrutschte, drückte dann wieder die Starttaste, schloß den Stromkreis, und das Förderband transportierte wieder Gestein zum Brecher und von dort zu den Gesteinsmühlen. Er setzte sich auf die Bank und betrachtete Millis Fotografie. Der Lärm löschte alles aus, vermischte Realität und Phantasie, ließ ihn von ihr träumen, bis Strohwang mit den Fäusten gegen die Verschlagtür trommelte und schrie, er solle das Förderband stoppen, die Wicklung des Mühlenmotors rieche verbrannt. Braden stoppte das Förderband und lief zur Schalttafel im Mühlengebäude, wischte mit der Hand über das verstaubte Glas. Auf der Tafel waren Maschinen abgebildet, rote Funktionslichter blinkten und zeigten Störung an; ein Signalhorn hupte.

«Die Wicklung vom Mühlenmotor ist durchgebrannt. Alles steht, kannst Höger sagen, daß er seinen Dreck noch abkippt, dann kann er nach Hause fahren.»

«Ich hab dir doch gesagt, daß der Motor durchgebrannt ist«, schrie Strohwang, sein bartstoppliges Gesicht hatte eine Dreiecksform, auf seiner Wange war ein winziges Loch, in dem sich ein Insekt hätte verkriechen können. Die Haare klebten auf seiner verschwitzten Stirn. Er verzog das Gesicht zu einer Fratze, kratzte sich am Ohr, aus dem ein Büschel grauer, borstiger Haare wuchs, wandte sich ab und lief mit einer Eisenstange durch das Mühlengebäude von Etage zu Etage, schlug gegen die Rohre, damit der Zementstaub sich nicht festsetzte. Von den Gitterrosten der ersten Etage und den Flanschen der Rohre rieselte feiner Zementstaub. Strohwang konnte ohne den Lärm der Mühlen nicht sein. Es machte ihn verrückt, wenn die Mühlen ausfielen. Er war süchtig nach ihrem Lärm. In seiner freien Zeit hielt Strohwang sich auf einer Burgruine im Wald bei Sötenich auf, um dort nach einem Schatz zu graben. Kamen die LKW-Fahrer an der Stelle vorbei, oberhalb deren sich die Ruinen der Stolzenburg im Wald befanden, machten sie häufig scherzhafte Bemerkungen über Strohwang.

Wenn die Mühlen sich nicht drehten, herrschte eine eigentümliche Stille, der Staub, der im dumpfen Licht der Neonröhren schwebte, wurde zu einem Vorhang. Die Mühlentrommeln glichen großen Echsen, in deren Bäuchen Hunderte faustgroßer Eisenkugeln lagen, die bei jeder Trommeldrehung herumwirbelten und den Kalkstein zu mehlfeinem, weißem Staub schlugen. Kalkstaub aus Gehäusen winziger Meerestiere, die vor Millionen Jahren gestorben waren, sich auf dem Meeresboden abgelagert hatten, aus denen man nun Zement herstellte, Zement, der dazu diente, wiederum Gehäuse zu bauen, so daß es Braden schien, alles sei nur ein ewiger Kreislauf.

«Wir müssen den Thies rufen, wir kriegen das nicht mehr hin», schrie Strohwang, «ich hab dir gleich gesagt, daß der Motor durchgebrannt ist, aber du mußt immer alles besser wissen.»

Da Thies nicht in der Elektrowerkstatt war, lief Braden zum Klinkersilo, zur Packerei und zum Drehofen. Der Betriebselektriker war nirgendwo im Werk zu finden. Als Braden wieder zur Mühle kam, stand Thies mit Fink, dem Schlosser, vor dem Schaltschrank. Er brüllte Braden an, wieso er ihn nicht gerufen habe. Braden versuchte sich zu verteidigen, aber er war vom Herumlaufen außer Atem, jedesmal, wenn er etwas sagen wollte, schrie Thies dazwischen. «So was passiert immer bei dir in der Schicht, man kann dich zu nichts gebrauchen. Denkst wohl nur noch an dieses Weib. Mach, daß du noch zu Strohwang in die Mühle kommst!»

Er stieß Braden vom Schaltschrank fort und schaltete zuerst das Signalhorn ab, dann die Gebläsemotoren. Braden zog den Staubschwamm über den Mund, kletterte die Leiter hinauf, zwängte sich mit dem Oberkörper durch die Luke, konnte im Trommelinneren nichts sehen außer schwebendem Staub und gelbem diffusem Handlampenlicht, das Strohwang mit sich herumführte. Strohwang selbst war nur eine sich in Staubpartikel zerstreuende Gestalt. Braden tauchte mit den Händen zuerst in die Trommel, wie wenn er sich kopfüber ins Wasser gleiten ließe; die auf dem Boden liegenden Kugeln waren noch heiß, bedeckt mit hochwirbelndem Staub. Strohwang bewegte sich langsam wie ein Taucher auf dem Meeresgrund, er packte Braden an der Schulter, sie wateten durch den Staub, bekamen kaum Luft, tasteten auf dem Boden nach plattgeschlagenen Kugeln, die sie in einen Eisenkorb warfen und zur Luke schleppten. Die Kugeln waren so heiß, daß man sie nur mit Handschuhen anfassen konnte, der Staub brannte im Hals, schon nach kurzer Zeit waren Braden und Strohwang naßgeschwitzt, mußten zur Luke, um Luft zu schnappen, rissen den Staubschwamm vom Gesicht, atmeten keuchend, setzten den Schwamm wieder vor den Mund und tauchten erneut in die Trommel hinab, um die abgenutzten Kugeln nach draußen zu werfen. Thies schrie, daß sie den Motor repariert hätten und sie sich beeilen sollten. Braden war schwindlig, er rotzte Staub aus. Sie füllten neue Kugeln auf, kletterten aus der Trommel und verschraubten danach die Luke. Die Mühlenmotoren wurden eingeschaltet, die Trommel drehte langsam an, mit einem Ruck rutschten die Kugeln von einer Seite zur anderen, bis die Trommel rotierte, die Kugeln, von der Fliehkraft herumgewirbelt, jenen Lärm erzeugten, der alles stumm machte.

Die LKWs hatten Berge von Gestein vor dem Schüttloch abgekippt. Braden kletterte zum Gesteinsbrecher hinab, um vor dem Fallloch liegende, sperrige Gesteinsbrocken fortzuhebeln. Es war noch dunkel und nieselte. Er zog den Helm aus und reckte den Kopf nach oben, so daß der warme Sommerregen auf seine Stirn fiel, Schläfen, Wangen und Hals entlanglief und im Staub auf der Haut kleine Rinnsale hinterließ. Das Halogenlicht von den Gebäuden glitzerte an Stromleitungen vorbei, an der überdachten Holzbrücke, die vom Wendeplatz hoch über der Straße in die oberste Etage eines alten Silos führte. Kundt, Pickert und Weims kamen von den alten Silos. Sie waren grau vom Zementstaub, gingen zu einem der Luftdruckschläuche, um den Staub aus den Kleidern zu blasen. Dazu steckten sie den dicken, schwarzen Luftschlauch in die Hosenbeine, unter die Jacke und in die Ärmel, drehten den Hebel des Kompressors auf, und für einen Moment verschwanden sie in einer Staubwolke, erschienen wieder, dick aufgeblasen, wie ein Popanz, der Staub wurde von innen durch den Stoff herausgepreßt. Wenn sie mit Ausblasen fertig waren, den Schlauch losließen, schlug er wild herum, bis sie den Kompressor wieder abgestellt hatten. Braden ging torkelnd über die Wendeplattform, bückte sich unter dem Förderband hindurch, stakste den Hang hinab, an dessen Fuß sich das Labor befand. Von dort ging er weiter in den unteren Teil des Werkes, überquerte die Straße, zum Druckluftschlauch. Er gab sich keine Mühe mit dem Ausblasen seiner Arbeitsklamotten, es ging doch nur der gröbste Staub heraus. Selbst wenn er sich stundenlang ausblies und sich danach mit einer Bürste unter der Dusche abschrubbte, blieben doch Staubpartikel zurück, an den Nasenhaaren, in den Ohren, in der Lunge, im Atem, in den Windungen des Gehirns, selbst in den Spermien siedelte sich der Staub an, es war, als würde man durch den Staub von innen her verkrusten. Braden war immer noch schwindlig zumute, er spuckte Staub aus, immer wieder spuckte er Staub aus, alles war voller Staub, als sei selbst seine Seele Staub.

10

Braden zwängte sich durch den engen Gang im Umkleideraum, blieb vor seinem Spind stehen, kramte in der Hosentasche nach dem Schlüssel, öffnete die Blechtür und legte seinen Helm ins oberste Spindfach. Im Spind hingen ein paar Kleidungsstücke, ein schmutziges Handtuch. Auf dem Boden standen auf Steinen und Versteinerungen alte Arbeitsschuhe, darauf lag ein Stoß zerlesener Bücher. Er zog die Arbeitsklamotten aus, schlurfte nackt zu den Duschräumen, schlug patschend gegen die Spinde. Auf den Fliesen blieben die Abdrücke seiner schweißigen Füße zurück. Strohwang stand bereits unter der Dusche, er redete mit sich selbst, während er sich einseifte. Braden drehte eine Dusche auf und hockte sich auf den Boden. Lange blieb er mit geschlossenen Augen unter dem heißen prasselnden Wasser sitzen. Draußen heulten die Sirenen zur Tagschicht. Strohwang war zu den Spinden gegangen.

Als Braden mit Duschen fertig war, trocknete er sich ab, aus seinem Haar tropfte es auf den Boden. Durch das Fenster sah er hinunter zu Hügeln weißen Klinkersandes, den Pappeln vor dem Fluß. Strohwang erschien im Waschraum, zeigte stolz die Spitze eines abgebrochenen alten Schwertes, das er oben am Gemäuer der Stolzenburg gefunden hatte.

Nachdem Braden sich angezogen hatte, ging er in den Kantinenraum. Um diese Zeit war niemand dort. Er setzte sich an einen Tisch, las in einem Buch und wartete darauf, daß Höger mit dem LKW vorbeifahren würde. Manchmal blickte er vom Buch auf, sah aus dem Fenster zur Straße, die ins Zementwerk hinein führte, zur Packerei und den Bahngleisen. Thelen, Jansen und Sistig liefen die Straße hinunter. Sie unterhielten sich, stießen sich scherzend an, Jansen lachte, schwenkte seinen Helm, setzte ihn wieder auf, ging dann ein Stück vor und drehte sich nach den Kollegen um. Es waren einfache Arbeiter wie Braden. Sie mußten graue Helme tragen, die Elektriker im Werk trugen grüne Helme, die Schlosser gelbe, die Meister hatten das Recht, weiße Helme aufzusetzen.

Bradens Vetter Georg kam aus der Elektrowerkstatt und überquerte die Straße, er arbeitete wie Braden im Schichtdienst. Hin und wieder ging Braden zu ihm, um sich die Uhupärchen anzusehen, die Georg im Garten in zwei schuppengroßen, mit Maschendraht verkleideten Käfigen hielt. Wenn die jungen Uhus flügge geworden waren, öffnete Georg eine Klappe im Käfig, von wo aus sie ihre Ausflüge machten. Sie flogen mit dem Sonnenuntergang fort. Ihr Flügelschlag war lautlos, sie streichelten mit ihren großen Schwingen die Luft, flogen schwankend und in der Dämmerung versinkend über dem Dorf, entfernten sich immer weiter von ihrem Gehege, suchten die Gegend ab, fanden die stillgelegten Steinbrüche, die ein idealer Nistplatz waren, selbst die Steinbrüche, in denen noch gearbeitet wurde, nutzten sie als Brutstätte. Der Lärm des Baggermotors, die an- und abfahrenden Lastautos, die Sprengungen schienen sie nicht zu stören. Die erste Zeit, nachdem sie ausgewildert waren, kehrten sie noch zu dem Gehege zurück, stemmten sich im Anflug mit ihren breiten, großen Schwingen gegen die Luft, spreizten die Krallen, um auf dem Brett zu landen. Bald nachdem sie endgültig ausblieben, machte Georg sich auf, um ihre Nistplätze zu suchen, folgte dem Ruf des Uhus, der auf einem Baum saß und ein Weibchen anlockte. Dieser Ruf war weithin durch die Täler zu hören. Mit dem Sonnenuntergang verstummte er. Noch immer hatte Georg die Horste der Uhus gefunden. Wir hätten zwar nur die eine Sprache, aber die anderen Sprachen seien ein feines, unsichtbares Gewebe. Vieles, was sich uns mitteile und von dem wir dächten, daß es Zufall sei, komme vielleicht daher, hatte er einmal zu Braden gesagt. Georg notierte den Standort der Uhus, die Größe ihres Geleges, wie viele der Vögel das Erwachsenenalter erreichten. Ihre Schwingen waren so groß, daß sie oft zwischen die Drähte der Überlandleitungen kamen und am Stromschlag starben.

Georg unterhielt sich vor der Kantinentür mit einem Kollegen, ging dann die Stufen zur Kantine hinauf, öffnete die quietschende Eingangstür. Seine Schuhe schlurften über den Flur, der zum Kantinenraum führte. In der Hand hielt er seinen Henkelmann, den er in die Küche brachte, um ihn dort in ein Wasserbad zu stellen. Als er in die Kantine zurückkam, bemerkte er Braden, rückte einen Stuhl vom Tisch ab und setzte sich zu ihm.

«Was machst du denn noch hier?»

«Ich warte auf Höger.»

«Hätte ich mir denken können.»

Er legte seinen Helm auf die Tischplatte, gähnte und stützte den Kopf auf die Hände. Georg hatte fuchsrote Haare und Wirbel über der Stirn, viele große Sommersprossen im Gesicht.

«Wir hatten in der Nacht Probleme mit der Mühle», sagte Braden.

«Ja, ich weiß, Thies erzählt herum, daß du ihn nicht gerufen hast.»

«Das stimmt nicht, ich hab ihn überall gesucht. Ich weiß nicht, wo er gesteckt hat.»

«Ich schon.» Georg zeigte mit dem Finger nach oben. Über der Kantine lag Paulis Wohnung.

«Ich nehme an, er war bei Martha, Pauli hat gestern nacht am Klinkerkran gearbeitet. Das nächste Mal suchst du ihn gleich da oben.»

Georg sah auf das Buch von Braden.

«Was liest du?»

«Ein Buch über die Devonmeere.»

«Ich habe lange kein Buch mehr gelesen. Immer wenn ich damit beginne, fallen mir die Augen vor Müdigkeit zu – darf ich mal sehen?»

Braden gab Georg das Buch, und der blätterte darin herum. Er wollte sich bei Georg nach Milli erkundigen, vielleicht war sie bei ihm gewesen, oder er wußte etwas von ihr.

Der Tod ist nur eine Methode, neues Leben hervorzubringen, las Georg. Es war ein Satz, den Braden unterstrichen hatte. Georg drückte seine blassen Lippen aufeinander, er machte ein nachdenkliches Gesicht.

«Der Tod ist also eben so gut wie das Leben», sagte er und schob das Buch über den Tisch zurück, blickte nach draußen zu den Klinkersandhügeln, hinter denen sich der Fluß vorbeischlängelte. Es schien, als würde er immer noch über diesen Satz nachdenken.

«Die Uhus müßten jetzt von der Jagd zurückkommen», bemerkte er, «sie machen immer dasselbe. Wahrscheinlich haben sie Wege in der Luft. Da sind sie, guck, Braden!»

Die Uhus schwebten in der Dämmerung, tauchten in Nebelschwaden, Feengewänder, die vom Wasser aufstiegen, erschienen wieder, flogen schaukelnd umher, ein lautloses Tanzen in der Luft, glitten zum Hang hinter dem Fluß, wo sie auf Baumspitzen landeten und reglos sitzen blieben.

«Sie warten jetzt, bis die Sonne aufgeht. Ich hab sie letztes

Jahr ausgesetzt. Sie haben zwei Junge bekommen. Von dem anderen Paar, das ich auch ausgewildert hab, ist das Muttertier tot. Es ist zwischen die Hochspannungsleitungen geraten.»

Martha kam die Treppe herunter, sie ging summend durch den Flur, an den Spindreihen vorbei in den Waschraum, drehte einen tropfenden Wasserhahn zu. Ihre Schritte schallten über den Fliesenboden. Sie sprach mit Kundt, der den Waschraum betrat, schimpfte über den Dreck, der hinterlassen worden war, über die Haarbüschel in den Duschabflüssen, den Sand der Handwaschpaste in den Becken und die verdreckten Klosetts. Georg sagte, daß er sich nicht wohl fühle und besser zu Hause geblieben wäre.

11

Als Braden in der Früh von der Nachtschicht nach Hause kam, ging er sogleich auf sein Zimmer. Huppertz saß unten mit Josefa in der Küche, die beiden stritten miteinander. Braden verstand nicht, worüber sie sich stritten, er lag unruhig da, bis sein Schwager nach draußen zur Schmiede ging und Propangasflaschen zum VW-Bus schleppte, sie auflud und nach einer Weile fortfuhr.

Kurz darauf stieg Josefa die Treppe hinauf, öffnete leise Bradens Zimmertür, ging auf Zehenspitzen zum Fenster, um die Vorhänge zu schließen. Sie blickte zum Friedhof, zu den Kirchenfenstern, hinter denen die rötliche Flamme des Ewigen Lichts flackerte. Braden verharrte ganz still, hatte die Augen geschlossen und stellte sich schlafend, wartete darauf, daß seine Schwester das Zimmer wieder verlassen würde. Josefa sah Milli auf dem Friedhof über eine Grabeinfassung balancieren, sie erschien ihr wie ein Gespenst; als Milli zum Fenster hin blickte, zog sie den Vorhang rasch zu. Was will sie nur von ihm, dachte sie, sie bringt ihn wieder völlig durcheinander. Auf dem Nachttisch lag der noch ungeöffnete Brief von Frank.

Josefa hatte Angst um ihren Bruder, wollte mit ihm reden, es fing wieder so an wie früher. Immer mußte sie ihn gegenüber Huppertz verteidigen. Soto hatte wieder einen Schrank angebracht, ihn ins Elternhaus gestellt. Das Haus wurde zur Rumpelkammer, es regnete durch das Dach, die Wände waren feucht und schimmlig. Huppertz sagte, daß man es nach dem nächsten Winter nur noch abreißen könne. Sie schloß die Tür leise und lief nach unten.

Braden schlief schließlich ein, wurde um die Mittagszeit wach, als die Sonne durch eine Ritze zwischen den Vorhängen fiel und auf dem goldfarbenen Messingtrichter der Tuba blitzte. Er blickte auf sein verzerrtes Gesicht, das ihm von der Metalloberfläche des Instruments entgegensah, hockte sich auf die Bettkante, blieb eine Weile mit auf den Knien gestützten Armen sitzen, sah auf den Boden, wo seine Arbeitskleidung lag, im Mund hatte er noch immer den Zementstaubgeschmack. Im Traum hatte er mit Milli getanzt, sie umarmt, geküßt, selbst jetzt im wachen Zustand träumte er davon. Seine Schwester rief, er solle hinunter zum Essen kommen. Er zog seine Arbeitskleider an, ging zum Fenster, wo die Schuhe standen. Als er zum Friedhof hinuntersah, machte er ein Kreuzzeichen, ohne zu wissen, warum er dies tat. Er glaubte nicht an Gott, aber manchmal dachte er, es müsse ein Wesen geben, daß die Ursache von allem war. Josefas Stimme wurde immer ungeduldiger. Er setzte sich auf die Bettkante, beugte sich nach vorn, schnürte seine Schuhe, wobei ihm Blut in den Kopf stieg und ihm schwindlig wurde. Etwas benommen ging er ins Badezimmer, wusch sich und stieg die Holztreppe hinunter durch den Flur zur Küche.

Josefa trug ein neues Kleid. Sie hatte es beim Versandhaus bestellt, wollte es einmal getragen haben, bevor sie damit zum Kirmesball ging. Er bemerkte es nicht, auch nicht ihre neue Frisur, die kupferfarbene Tönung ihres Haars. Er aß, was Josefa ihm vorsetzte.

Als der Bäckerwagen hupte, lief sie nach draußen. Die Frauen, die vor dem Wagen standen, redeten über Milli, erzählten, daß sie im Dorf herumlaufe und Krämer sie nicht mehr ins Haus lasse.

«Vielleicht hat er recht damit, ihr ist doch nicht mehr zu helfen.»

«Man hat sie in Köln hinterm Bahnhof herumlungern sehen.» Erna sah Josefa an, sie hätte gern gewußt, ob Braden Milli immer noch nachlief, traute sich aber nicht zu fragen.

«Die Polizei war bei Zeiser.»

«Der Bauarbeiter soll sich umgebracht haben, weil Johanna ihn verlassen hat.»

«Dein Bruder war doch dabei, als man ihn gefunden hat.»

«Er hat bei Höger im LKW gesessen und nichts gesehen«, sagte Josefa.

«Der Zeiser kann einem leid tun.»

«Dahmen hat mich gefragt, ob ich ihm helfe, wenn die Verkaufsveranstaltungen anfangen», sagte Erna. «Ein Busunternehmen wird die Leute zu ihm bringen. Teppiche, Heizdecken und allerlei Küchengeräte wollen sie in seinem Saal verkaufen.»

«Die Leute werden bei so was doch nur betrogen.»

«Aber er muß sehen, wie er durchkommt, wenn er die Wirtschaft halten will. Er hat's ohnehin schon länger ausgehalten, als die Leute ihm zugetraut haben.»

Josefa kaufte Brot und ein Stück Butterkuchen, bezahlte und lief zum Haus zurück. Sie wollte jetzt mit ihrem Bruder über das Elternhaus reden, deswegen hatte sie am Morgen mit Huppertz gestritten. Er selbst wollte nicht mit Anton darüber reden.

Braden saß noch am Tisch. Sie brühte Kaffee auf und setzte sich zu ihm.

«Wenn es uns besserginge, wäre es egal. Ich würde dir das Haus schenken», sagte sie, «aber Huppertz bekommt in letzter Zeit weniger Aufträge, und wir unterstützen Frank bei seinem Studium. Huppertz denkt daran, sich eine Stelle zu suchen. Aber das ist im Moment nicht einfach. So wie das

Haus jetzt dasteht, kann man es nicht mal vermieten. Es verfällt immer mehr, und in einigen Jahren wird es nichts mehr wert sein. Es gibt Leute, denen solche Häuser gefallen und die genügend Geld haben, es zu restaurieren. Du weißt, daß du immer hier wohnen bleiben kannst. Ich habe mit Werner telefoniert, er sagt auch, wir sollten es verkaufen.»

«Die Steine», sagte Braden, «ich weiß nicht, wo ich die unterbringen soll.»

«Da werden wir schon eine Lösung finden. Überleg es dir, Anton.»

Josefa weinte, er berührte sie an der Wange, worauf sie noch mehr weinte und sich die Tränen mit der Schürze abwischte.

12

Die Kapelle spielte auf dem Kirmesplatz. Braden trug eine blaue Uniformjacke mit goldenen Schulterklappen und Epauletten. Seine Wangen blähten sich, wenn er fest in die Tuba blies. Thies hielt den Taktstock zwischen Daumen und Zeigefinger, machte mit dem Stock eine Wellenbewegung, spitzte den Mund und pfiff die Melodie. Er blickte Braden an, verzog das Gesicht, als hätte der einen Ton falsch gespielt. Im spuckeklebrigen Rand des Tubatrichters spiegelten sich der Kirchturm, die Karussellpferde, die Frittenbude, die Besoffenen; die Röcke der Frauen wirbelten hoch, alles wurde in den Tubatrichter gesogen, verzerrt und wieder hinausgeblasen, es purzelte durch die Luft, bewegte sich nach dem Takt der Musik. Gewittertierchen schwebten umher, klebten am Nacken, in den Ohren, am Hals, in Bradens Gesicht.

Seit er Milli wiedergetroffen hatte, dachte Braden nur noch an sie. Littwin stand mit Johanna an der Schießbude. Während die Kapelle spielte, wurde der Schabäes ans Fahnenmastseil gebunden. Er trug einen alten, braunen Anzug, aus seinen Hosenbeinen guckte Stroh. Über seinen Strohkopf war ein Nylonstrumpf gezogen. Hannes befestigte den Schabäes am Fahnenmastseil, setzte ihm noch einen Hut auf und sprang vom Dach der Telefonzelle. Als er oben am Fahnenmast baumelte, spielte die Kapelle einen Tusch. Ein Mädchen stand an der Friedhofsmauer und erbrach sich. Über den Kirchturm flogen Krähen zum Wald hinüber. Die Leute folgten dem Musikzug zu einer Stelle hinter dem Dorf, wo der Kirmesknochen, der Schädel einer Kuh, im letzten Jahr nach der Kirmes vergraben worden war. Als sie die Stelle wiedergefunden hatten, gruben sie den Kuhkopf aus und steckten ihn auf einen Stock. Sie tranken von dem Schnaps, der bei dem Schädel in einer Plastiktüte gelegen hatte, und zogen, begleitet von der Musik und dem Gejohle der Kinder, zum Festzelt, wo die Tanzkapelle bereits spielte.

Braden bezahlte den Eintritt und bekam von Walber einen Stempel auf den Handrücken. Vor der Theke drängten sich die Leute. Braden wurde herumgeschoben. Er stellte sich auf Zehenspitzen und suchte nach Milli. Ein Kellner, der vorbeiwollte, stieß ihn zur Seite. Josefa sah ihren Bruder, winkte ihm zu. Er zwängte sich zwischen den Leuten hindurch. Sie sah traurig zu den Tanzenden, zupfte ein Taschentuch aus der Handtasche und schnupfte hinein. Dann betrachtete sie ihr Gesicht in einem kleinen Taschenspiegel, zog ihre Lippen mit einem Lippenstift nach.

«Komm, setz dich zu mir, Anton. Hast du Huppertz gesehen? Er hat versprochen, mit mir zu tanzen, und jetzt läßt er mich hier alleine sitzen.»

Sie redete auf ihn ein, weil sie hoffte, er würde so nicht auf Milli aufmerksam, die mit den Bauarbeitern am Tisch saß. Klöcker umarmte Milli, drückte sie an sich und flüsterte ihr etwas ins Ohr, worauf sie lachte. Als Braden sie entdeckte, war er wie erstarrt, konnte seine Augen nicht mehr von ihr lassen.

«Bleib bitte hier, Anton, es hat doch keinen Sinn. Sieh nicht immer zu ihr hin. Anton, du mußt dir das nicht so zu Herzen nehmen. Es gibt noch andere Frauen.»

«Sie hat versprochen, mit mir zu tanzen.»

«Trink bitte nicht soviel, Anton. Laß sie doch, die ist es nicht wert. Lisa tanzt bestimmt gerne mit dir.»

Braden trank die auf dem Tisch stehenden Bier- und Weingläser leer, warf die Gläser um, stand schließlich auf und wankte zu Millis Tisch. Auf der Tanzfläche warteten die Paare auf das nächste Lied. Milli drehte sich weg, als er sie um einen Tanz bat.

«Merkst du nicht, daß sie nicht mit dir tanzen will?» fragte Klöcker.

«Sie soll mit mir tanzen.»

«Du kannst doch kaum noch stehen, verschwinde.»

«Sie hat versprochen, mit mir zu tanzen», wiederholte Braden. Er stand schwankend vor dem Tisch. Klöcker stieß ihn weg. Braden war so betrunken, daß er das Gleichgewicht verlor, rückwärts stolperte und hinfiel.

«Das hätte ich nicht von dir gedacht, Milli», sagte Josefa, «du hättest doch mit ihm tanzen können.»

Sie wollte ihrem Bruder aufhelfen, aber er stieß ihre Hand fort und zog sich am Nachbartisch hoch.

«Laß dich hier nicht wieder blicken», rief Klöcker.

Braden torkelte nach draußen. Regentropfen zerplatzten wie kleine Glasperlen auf dem Asphalt. Die Schausteller zogen Planen über die Verkaufsbuden und das Karussell. Der Schabäes wurde vom aufkommenden Sturm hin und her geschaukelt, wie wild geworden tanzte er am Drahtseil durch die Luft. Braden gelangte unter das Vordach der Schießbude und sah zum Zelt hinüber, eine Frau wartete mit gekreuzten Beinen vor dem besetzten Damenklosett, schließlich lief sie hinter den Toilettenwagen, um sich dort hinzuhocken.

Höger kam aus dem Zelt, überquerte die Straße zum Kirmesplatz. Als er Braden sah, rief er: «Wo warst du denn, ich hab dich den ganzen Abend gesucht. Willst dich wohl um die Runde drücken». Er legte den Arm um Braden.

«Du wolltest mir doch ein Bier ausgeben, komm mit zu Dahmen.»

Sie schwankten durch den Regen zur Wirtschaft, wo Dahmen hinter der Theke stand und alle Hände voll zu tun hatte.

«Wir kriegen zwei Bier, Dahmen», rief Höger.

«Nu mach mal halblang, du siehst doch, was los ist, Höger.» Er hielt ein Glas nach dem anderen unter den Zapfhahn, stellte die gefüllten Gläser auf die Theke, pustete sich Haarsträhnen aus den Augen und wischte mit dem Arm über die schwitzende Stirn. Als sie an der Reihe waren, sagte er zu Höger: «Es ist besser, wenn du mit Braden verschwindest. Ich will keinen Ärger haben. Thies ist besoffen.»

«Wir trinken das Bier und gehen.»

«Geht auf meine Rechnung», sagte Dahmen, er wollte nicht, daß ihm das Geschäft durch eine Schlägerei verdorben würde. Immer wenn Thies betrunken war, suchte er Streit mit Braden, schon seit ihrer Jugend war es so. Braden sang laut ein Lied aus der Musikbox mit. Am Revers seiner Jacke steckten Plastikblumen von der Schießbude. Sonst verließ Braden immer die Wirtschaft, wenn Thies betrunken war. Doch heute war er selbst zu betrunken, um vernünftig zu sein. Als er weitersang, kippte Thies ihm Bier ins Gesicht, Braden sang noch lauter, bis Thies ihn am Revers packte und ihn schüttelte.

«Was soll das, Thies», sagte Höger, «Braden kann sich doch nicht in Luft auflösen.»

«Er soll sich entschuldigen», brüllte Thies.

«Komm, entschuldige dich und hör auf zu singen», sagte Höger.

Aber Braden hörte nicht auf, er war zu betrunken, um klar zu denken, es hatte keinen Sinn, sich zu entschuldigen, Thies würde einen neuen Grund finden, um ihn zu demütigen.

«Laß ihn doch singen», sagte Höger.

«Halt du dich da raus», schrie Thies, und ging auf Braden los, er schlug ihn ins Gesicht, Braden stolperte und fiel gegen die Musikbox. Die Musik spielte an einer anderen Stelle weiter, leierte immer wieder dieselbe Stelle.

Höger zog Braden aus der Wirtschaft hinaus, draußen im Regen wischte er ihm mit dem Taschentuch das Blut aus dem Gesicht. Braden brabbelte vor sich hin, er wollte wieder zurück in die Wirtschaft, er redete von Milli.

«Laß die doch», sagte Höger. Er hielt Braden fest, der Milli suchen wollte, aber kaum auf den Beinen stehen konnte. «Wir fahren zu einer Freundin von mir», sagte er, während er Braden zum Auto schob.

«Ich will nicht, ich kenn deine Weiber.»

Braden war störrisch, aber zu betrunken, um sich wehren zu können. Er maulte, als Höger ihn vor sich her stieß, die Beifahrertür öffnete und ihn ins Auto bugsierte. Er nuschelte Unverständliches, wollte zu trinken. Irgendwann schien er anzunehmen, er säße im LKW von Höger, wurde ruhig, lehnte den Kopf an die Seitenscheibe. Draußen stürmte es. Als sie über die Landstraße fuhren, bewegten sich die Zweige der Fichten wie Schwingen großer aufgeschreckter Vögel. Braden war eingeschlafen.

Auf einem Stuhl in einer verwahrlosten Küche wurde er wach. Dreckige Kinderkleider lagen auf einer Bank, auf dem Tisch standen schmutzige Gläser und Teller. Regen prasselte gegen das undichte Fenster, lief innen an der Scheibe herunter, auf die Fensterbank und tropfte von dort auf den Boden. Nach einiger Zeit erschien Höger an der Tür, knöpfte sich das Hemd zu und sagte zu Braden, jetzt solle er zu der Frau gehen.

«Nun mach schon, die tut dir nichts. Ich hab für dich bezahlt.»

Er stieß Braden ins Schlafzimmer, in dem es dunkel war. Regen tropfte von der Decke in einen Eimer. Er stolperte zum Bett, zog sich aus. Die Frau kicherte, als Braden über ihr lag. Er hatte lange nicht mit einer Frau geschlafen. Zu Hause hatte er pornographische Hefte, in denen er mitunter blätterte. Seine Augen hatten sich bald an die Dunkelheit gewöhnt, und er konnte die Umrisse der Frau erkennen, ihr altes Gesicht, die schrumplige Haut ihrer Brüste. Ihre rissigen Fersen kratzten über seinen Rücken, während er in sie eindrang und sie seinen Kopf zu sich hinunterzog. Plötzlich bewegte die Frau sich nicht mehr, er wälzte sich erschöpft von ihr, setzte sich auf und bekam einen Hustenanfall. Die Frau verschwand in der Küche, und er hörte, wie sie Höger fragte, was er denn da für einen Kerl mitgebracht habe.

«Er ist unglücklich verliebt», sagte Höger.

«Das sind wir doch alle», sagte die Frau und lachte.

Es regnete immer noch, auf der Landstraße lagen vom Wind abgerissene Zweige, die unter den Autorädern knackten. Die Plakatwand im Dorf war umgefallen. Jemand torkelte grölend über den Kirmesplatz.

13

Der Hahn hing mit dem Kopf nach unten über dem Dorfplatz, die jungen Männer versuchten, ihm mit dem Säbel von Mättes den Kopf abzuschlagen. Mättes saß mit Littwin, Klöcker und Soto an der Theke, Soto hatte einen Löffel an seiner Stirn kleben, der auf die Theke fiel und von dort zu Boden.

«Braden ist einmal Hahnenkönig gewesen, er hat dem Hahn den Kopf abgebissen, weil der Säbel stumpf war und der Kopf nicht abging», erzählte Mättes den Bauarbeitern. «Er hing nur noch an ein paar Sehnen. Braden wollte damals unbedingt Hahnenkönig werden, denn der Hahnenkönig darf sich ein Mädchen zum Tanz auswählen. Milli ist aber weggelaufen, als Braden mit ihr tanzen wollte. Seitdem macht er nicht mehr mit.»

«Ich hab nicht gewußt, daß er so verrückt nach ihr ist», sagte Klöcker. «Mit der stimmt einiges nicht, ich hätte besser aufpassen sollen. Wer weiß, was die für Krankheiten hat.»

Als Braden in die Wirtschaft kam, redeten sie nicht mehr über Milli. Er schwankte zur Theke, kletterte auf einen Hocker und verlangte ein Bier. Braden hatte Kratzer im Gesicht, seine Augen waren geschwollen, er legte den Kopf auf die Theke, hob ihn nach einiger Zeit und lallte, daß er ein Bier wolle. Er stierte zu Klöcker hinüber.

«Ich weiß nicht, wo Milli ist. Tut mir leid, Braden. Ich hab nicht gewußt, daß sie deine Freundin ist. Sie hat nichts davon gesagt, und ich war betrunken. Gib Braden ein Bier auf meine Rechnung.»

«Zuerst ißt er was», sagte Dahmen und verschwand in der Küche. Als er zurückkam, stellte er Braden einen Teller mit Spiegeleiern auf die Theke.

Braden aß die Spiegeleier, wischte zitternd mit einem Stück Brot das Eigelb vom Teller.

«Milli hat deine Tuba am Morgen vorbeigebracht, sie hat im Straßengraben bei der Kläranlage gelegen. Ich habe sie in den Saal gestellt, hoffentlich ist sie noch in Ordnung.»

Mättes schlurfte zum Fenster, auf dem Dorfplatz schlugen sie noch nach dem Hahn. Wenn einer traf, klatschten die Leute Beifall. In den Regenpfützen unter dem Hahn schwammen abgeschlagene Federn. Der Hahn hing mit dem Kopf nach unten an einem Seil, das quer über den Platz gespannt war. Die Männer hoben seinen Kopf hoch und trichterten ihm Schnaps ein. Der Hahn flatterte, plusterte sich auf; er hatte ein schönes Gefieder, sein Hals glitzerte oxidgrün. Nacheinander versuchten die jungen Männer aus dem Dorf, dem Hahn mit dem Säbel den Kopf abzuschlagen. Sie hatten dabei die Augen verbunden, wurden bis in die Nähe des Hahns geführt. Vor jedem Schlag mußten sie einen Schnaps trinken, und je nachdem, wer mit dem Schlagen an der Reihe war, strafften die Kerle oben auf dem Balkon das Seil so, daß der Hahn hochschnellte und der Hieb vorbeigehen mußte.

«Es wird noch lange dauern. Sie machen den Säbel immer stumpf, damit dem Hahn nicht gleich beim ersten Schlag der Kopf abgeht», sagte Mättes zum Bauarbeiter. «Der Säbel gehört mir, mein Vater hat ihn als Kriegsbeute aus Frankreich mitgebracht.»

Er sah wieder zum Fenster hinaus. Der Hahn schaukelte getroffen am Seil. Seine Flügel waren ausgebreitet, er versuchte zu flattern. Der Kopf hing nur noch an ein paar Sehnen.

«Ich weiß nicht, ob er noch lebt oder schon tot ist«, sagte Mättes, als er zur Theke zurückkam.

«Das ist Tierquälerei und müßte verboten werden», sagte Littwin.

«Eigentlich ist es schon seit Jahren verboten. In anderen Dörfern tötet man den Hahn zuvor oder benutzt eine Attrappe. Nur weil er hier noch am Leben ist, kommen besonders viele Zuschauer.»

«Es gibt Schlimmeres, als einen Hahn besoffen zu machen und ihm den Kopf abzuschlagen», sagte Dahmen. Er sah Braden nach, wie er zum Saal wankte. Die Tuba stand mitten im Saal auf einem Stuhl. Sie hatte in einer Pfütze gelegen und war verdreckt. Braden putzte mit dem Jackenärmel über den Trichter, setzte sich auf den Stuhl, stellte die Tuba auf seine Oberschenkel, drückte das Mundstück an die Lippen, die geschwollen waren und schmerzten. Dann begann er zu spielen, jedes Lied konnte er nach nur einmaligem Hören spielen. Vielleicht war die Welt aus einem einzigen tiefen Ton entstanden, und alle Dinge dieser Welt trugen diesen Ton noch in sich. Braden versuchte, nur diesen einen tiefen Ton zu spielen, so lange, bis er keine Luft mehr hatte. Schmidt kam in die Wirtschaft, er suchte Braden. Wir müssen spielen, sagte er, Hannes ist Hahnenkönig geworden.

14

Durch den Gitterrostboden sah Braden auf die rotierende Trommel, deren Mantelplatten mit großen Muttern festgeschraubt waren. Von den Eisenträgern unter dem Wellblechdach rieselte Staub in seinen Nacken. Vor dem Schichtende fand Strohwang ihn völlig betrunken auf dem Gitterrost über der Mühle liegen. Erzähl mir von deinem Schatz, schrie Braden. Strohwang half ihm aus dem Mühlengebäude, setzte ihn zu Höger in den LKW, wo er sich mit geschlossenen Augen ans Fenster lehnte. Während sie fuhren, löste sich die Dämmerung auf, der Lastwagen schaukelte über den holprigen Weg zum Steinbruch. Bradens Stirn schlug gegen die Seitenscheibe, er wurde wach, sah weit über die Höhenrücken, wo hinter bewaldeten Bergkuppen der Himmel sich färbte. Die Berge wurden vielgestaltiger, je mehr sich das Sonnenlicht fächerte, die in der Ferne liegenden Berge schienen sich immer aufs neue zu verändern. Wenn Nebel in den Tälern lag, glich die Landschaft einer weiten Schnee-Ebene. Vom Höhenrücken führte der Weg in Serpentinen in den Steinbruch hinab. Er blickte sich um, als wüßte er für einen Moment nicht, wo er sich befand, kurbelte eilig das Seitenfenster hinunter, lehnte sich hinaus und erbrach sich. Höger langte unter den Sitz, gab Braden seine Mineralwasserflasche. Während Braden trank, den Mund ausspülte und das Wasser nach draußen spuckte, fuhren sie die Serpentinen hinunter, über die verschiedenen Abbaustufen, bis auf den Grund des Steinbruchs. Ein Bagger kratzte mit seiner Schaufel das Gestein von der Felswand, Arbeiter bohrten Sprenglöcher. Dreßen schwenkte mit dem Bagger herum und ließ Gestein auf die Ladefläche des LKWs fallen. Braden dachte daran, daß unter dem Steinbruch ein großer, blauer

See war und daß die Erde nur mehr eine dünne Haut ist. Er schlief ein, als sie aus dem Steinbruch hinausfuhren. Erst am Nachmittag wurde er wieder wach. Sie fuhren über die Landstraße, Sonne glitzerte auf dem Asphalt, auf der Windschutzscheibe waren getrocknete Regenflecken. Auf dem Boden des Führerhauses lagen Steine, die Dreßen irgendwann am Morgen, als Braden schlief, in den Wagen gelegt hatte. Braden bückte sich nach einer Steinplatte.

«Was ist es?» fragte Höger.

Braden wischte sie mit seinem Jackenärmel ab. Deutlich waren Fasern und Stränge zu erkennen, die Vogelflügeln einst Stabilität verliehen hatten.

«Campylognathoides zitteli, eine Flugechse.»

Aus dem nur zwanzig Zentimeter langen Körper wuchs ein Schwanz, und aus den beiden Flügeln ragte je ein sechszig Zentimeter langer Finger, an dem die Flughäute gesessen hatten.

«Es waren langfingrige Hände, die über Land und Meer flogen», sagte Braden, «es hat welche gegeben, die waren größer als ein Segelflugzeug.» Er steckte die Steinplatte in seine Arbeitstasche. «Weißt du, wo er sie gefunden hat?»

«Nein, das mußt ihn schon selber fragen. Flugechsen so groß wie ein Segelflugzeug», sagte Höger nachdenklich.

«Die hatten ihre Nester in der Luft, weil sie nirgendwo landen konnten», antwortete Braden.

In Kall kletterte Mättes in den LKW. Er redete über Zeiser, der vor Jahren aus Keldenich ausgesiedelt war, weil man keine Höfe mehr innerhalb des Dorfes haben wollte. Seinetwegen hatte man die Brücke über die Straße gebaut. Das Führerhaus war voller Qualm. Mättes erzählte und pustete Zigarrenflusen von der Lippe. Die Bauern, die ausgesiedelt wurden, gehörten bald nicht mehr richtig zum Dorf. Pitter, der Sohn von Zeiser, trieb die Kühe über die Brücke zur anderen Straßenseite, zu den Wiesen, die beim Bruckshaus lagen. Als sie unter die Brücke fuhren, beugte Pitter sich über das Geländer und fuchtelte mit dem Hütestock in der Luft herum.

«Sei froh, daß du keine Frau hast ... Besser keine als so eine wie Johanna», sagte Höger zu Braden.

«Meinst du, ich könnte auch irgendwo anders leben?» fragte Braden.

«Wieso nicht», sagte Höger, «man kann überall leben... gewöhnt sich an alles, vielleicht wäre es sogar gut für dich.»

Sie fuhren am Dorf vorbei, auf der Wiese lagen noch Bretter, Planen und das Gestänge des Festzeltes. Jupp, der Gemeindearbeiter, schlurfte mit einer Schubkarre über die Wiese, stellte sie ab, bückte sich nach Abfällen, Stücken vom Schabäes, die nicht verbrannt waren, warf sie auf die Schubkarre und brachte den Dreck zu einem kleinen Feuer, dessen Rauch vom Wind niedergedrückt über die matschige Wiese kroch. Er kippte den Dreck ins Feuer. Funken sprühten auf.

«Vielleicht solltest du wirklich woanders hingehen», sagte Höger, «wir könnten zusammen Auslandstouren fahren.»

Höger erzählte, wo er während seiner Auslandstouren überall gewesen war, redete von Frauen, die er während seiner Fahrten kennengelernt hatte. In jeder Stadt ist mindestens eine Frau, die dich liebt, für jeden Mann gibt es so viele Frauen, wie man Sterne am Himmel sehen kann. Du machst den LKW-Führerschein und wirst mein Beifahrer, wir werden überallhin fahren.» Braden lachte. Während Höger weiter von fernen Ländern erzählte, legte er den Kopf wieder gegen die Seitenscheibe, schloß die Augen und wurde erst wach, als sie ins Zementwerk fuhren.

15

In großen Volieren neben dem Bienenhaus hockten die Uhus reglos auf einer Stange unter dem Dach. Ihre geöffneten Augen waren groß und flammend gelb. Die toten Küken, die Georg ihnen auf einen Baumstumpf gelegt hatte, hatten sie gefressen und das Gewölle wieder ausgewürgt. In den Ritzen der Bretterwand steckten Federn, die die Uhus während der Mauser verloren hatten. Vor den Einflugschächten wimmelte es von Bienen. Georg saß in einem Korbstuhl. Die Bienen umschwirrten ihn, krabbelten über seine Wangen, die Lippen, setzten sich auf seine Augenlider. Er hatte eingefallene Wangen und sah krank aus. Als er Braden bemerkte, nickte er nur und schloß die Augen wieder. Ein Bienenstock war geöffnet, man konnte sehen, wie die Königin, gefolgt von einer Garde, über die Waben krabbelte. Georg wußte alles über Bienen, ohne daß er je ein Buch darüber gelesen hatte. Er beobachtete sie stundenlang, hatte gesehen, wie die Königinnen miteinander kämpften, bis eine von ihnen tot war und von den Arbeiterinnen aus dem Stock geworfen wurde. Vor dem Bienenstock lagen Drohnen. Sie wurden getötet, nachdem sie vom Hochzeitsflug zurückgekehrt waren, auf dem sie die Königin befruchtet hatten.

Braden nahm einen Hocker und setzte sich neben Georg. Die Bienen schienen über den Einflugschächten zu tanzen, ihre Pollensäcke an den Beinchen waren dick gefüllt. Viele flogen hinüber zum Teich, um zu trinken. Lange saß Braden neben Georg, ohne etwas zu sagen. Wenn er bei Georg war, fühlte er sich nicht gezwungen zu reden. Es gab ganze Tage, an denen die beiden zusammen waren, ohne zu sprechen. Georgs Atem war kurz und hastig, so als müsse er sich mit dem Atmen beeilen. Er zitterte, obwohl es ein warmer Sommerabend war und er eine lange Wolljacke trug. Die untergehende Sonne schien durch die Ritzen der Bretterwand. Die wenigen noch über dem Stock schwebenden Bienen glänzten wie Goldklümpchen.

Mit der aufkommenden Dunkelheit wurden die Uhus unruhig, sie flatterten mit ihren großen Schwingen in der Voliere umher, stießen gegen den Maschendrahtzaun. Georg stand auf, ging zu einer kleinen, abseits gelegenen Voliere, in der ein junger Uhu war, den Waldarbeiter gefunden und Georg zur Aufzucht gebracht hatten. Der Uhu war so schwach, daß er nicht fressen konnte. Er hockte auf dem Boden und wurde von grünlich glänzenden Aasfliegen umschwärmt, die ihre Eier in seine Nasenlöcher ablegten. Georg reinigte die Nasenlöcher des Vogels, öffnete ihm den Schnabel und steckte ihm kleine Stücke vom Küken in den Schlund. Danach ging er müde zu den großen Vögeln, die immer unruhiger wurden. Mit einer Stange öffnete er die Verschlagtür unter dem Dach. Er hatte Mühe, die Stange nach oben zu recken. Als er den Krampen endlich herausgestoßen hatte, drückte er die Klappe, die an Lederscharnieren befestigt war, auf das Dach des Käfigs. Er war danach so erschöpft, daß er sich auf die Stange stützen mußte, sich dann langsam daran hinabließ, um sich auf die Wiese vor den Käfig zu setzen. Die Uhus flatterten aufgeregt, sie hatten bereits die Größe eines erwachsenen Vogels. Noch kehrten sie immer wieder zum Käfig zurück.

Braden setzte sich neben seinen Vetter auf die Hangwiese. Von ihrem Platz aus konnten sie über das Dorf hinwegsehen. Georgs Atem roch nach Erbrochenem, er sagte, daß er ins Krankenhaus müsse. Sie warteten, bis die Uhus sich auf das Brett vor dem Verschlag wagten. Es war dunkel geworden.

Die Uhus stießen sich lautlos ab, schaukelten in der Luft, manchmal konnte man ihr noch weißes Untergefieder sehen. Sie flogen immer weitere Kreise, bis sie schließlich im Dunkel verschwanden, dann aber wieder zurückkehrten und so nah an ihnen vorbeiflogen, daß Braden den Luftzug ihrer Schwingen im Gesicht spürte.

16

Schon von der Landstraße aus sah Braden den Feuerschein auf Zeisers Hof. Als er dort anlangte, stürzte gerade das Scheunendach ein, Funkenregen sprühte auf. Es stank nach siedender Jauche. Verkohlte Strohpartikel schwebten umher, Rauch brannte in den Augen. Jupp stand auf der Straße, versuchte, mit einer Eisenstange eine Hydrantenplatte herauszuhebeln. Da es ihm nicht gelang, kam Huppertz hinzu, mit wenigen geschickten Griffen hob er die Platte an. Der Schlauch konnte angeschlossen werden. Funken fielen in einem Regen von glühenden Pünktchen herab, das Feuer griff auf den Kuhstall über. Auf der angrenzenden Wiese und am Straßenrand standen Schaulustige. Zeiser zerrte zwei trächtige Kühe aus dem Stall. Einer Kuh glimmte das Rückenfell. Sie fing an zu bocken und riß sich los. Mit den Hinterläufen ausschlagend, rannte sie über die Straße in eine Wiese hinein, wo sie sich im Stacheldraht verhedderte, stürzte, sich das Euter aufriß, wieder auf die Beine kam, ausschlug und Zeiser, der sie aufhalten wollte, trat. Er humpelte ihr hinterher, den Wiesenhang hinab, wo das Fell der Kuh in der Dunkelheit wie Holz glimmte.

Huppertz schrie, daß der Wasserdruck zu schwach sei. Das Feuer drohte auf die Wohngebäude überzugreifen. Johanna stand mit Pitter bei einem Traktoranhänger. Sie hatte ein Nachthemd an. Jemand hatte ihr eine Decke über die Schultern gelegt. Sie starrte ins Feuer, während Lisa beruhigend auf sie einredete. Auf der Erde bildeten sich große Pfützen vom Löschwasser, das Fensterglas der Stallungen zerplatzte, Balken krachten herab. Milli stand am Straßenrand und lächelte abwesend, hörte Musik aus ihrem Walkman. Braden wollte gerade zu ihr gehen, als Huppertz schrie:

»Komm mit ins Haus, Jupp braucht Hilfe.» Zeiser stolperte die Treppe hinauf, erschien kurz darauf mit einem Pappkarton, in dem sich Papiere befanden. Er stellte den Karton vor Johanna ab, rannte wieder ins Haus. Im Haus knisterten die Wände, es roch nach angebrannter Milch, auf dem Boden war Löschschaum, an der Garderobe hing eine gelbe Regenjacke, das Arbeitszeug von Zeiser. Braden schleppte Hausrat nach draußen. Auf dem Küchenboden lag zerbrochenes Geschirr, der Fernseher lief noch, Braden riß den Stecker heraus und trug das Gerät aus dem Haus.

«Komm her, Braden, du mußt mir helfen», schrie Jupp, «die Kommode muß raus.»

Als sie die Kommode nach draußen gebracht hatten, war Milli nicht mehr da. Braden stand unschlüssig herum.

«Los, Braden, komm, um die kannst du dich nachher kümmern», sagte Jupp.

Zeiser stürzte an ihnen vorbei in die Küche, wo er Fotografien von der Wand riß, in eine Plastiktüte steckte und wieder nach draußen rannte. Der Hof war schlammig vom Löschwasser. Die Rückwand des Heustalls stürzte ein. Die niederstürzenden Mauern erstickten einen Teil der Flammen, Steine zischten und knackten unter dem Wasserstrahl. Mallon, ein Reporter der Kreiszeitung, stand an der Straße. Er fotografierte, stellte Fragen, machte sich auf einem kleinen Block Notizen. Lisa sagte, der ganze Dreck komme nun herunter, sie müsse die auf der Leine hängende Wäsche nochmals waschen. Es hatte zu regnen begonnen. Die Scheune war inzwischen niedergebrannt, und das Feuer kokelte nur noch. Zeiser stocherte mit einer Eisenstange in der Glut, zog versengtes Zeug hervor und warf es zur Seite. «Milli ist nach Keldenich gelaufen», sagte Lisa, «bleib noch was hier, Anton.» Sie berührte dabei Bradens Hand. Die Feuerwehrleute schwemmten den Brandherd ein, um einen Nachbrand zu verhindern.

«Wenn die Stallmauer nicht auf die Flammen gefallen wäre, dann hätte auch das Wohnhaus gebrannt», sagte Jupp.

«Gut gemacht, Huppertz.»

Sie stießen die Bierflaschen gegeneinander, tranken und trugen dann wieder den Hausrat hinein.

Danach lief Braden zu seinem Moped. Während der Fahrt trank er aus der Bierflasche. Auf der Straße schimmerte Mondlicht. Bradens Moped schaffte die Steigungen nur im Schritttempo. Zwischen den Feldern lagen die Siedlungshöfe. Die Straße schmiegte sich an die hügelige Landschaft, machte weite Bögen um die Taleinschnitte und um das Loch des Steinbruchs. Braden fuhr zum Friedhof. Milli hatte früher häufig auf dem Kirchfriedhof gesessen, aber als er sie dort nicht fand, suchte er bei den Wohnwagen der Bauarbeiter. Schließlich ging er zu Dahmen. Er betrank sich, und Dahmen schloß spätnachts die Wirtschaft hinter ihm ab, er sah, wie Braden betrunken auf sein Moped stieg und durch das Dorf kurvte. Er stürzte mehrmals, gelangte zu Krämers Haus, torkelte zur Tür und rief nach Milli. Als niemand öffnete, trommelte er mit den Fäusten gegen die Tür, bis das Licht im Flur anging und Millis Mutter im Nachthemd die Treppe herunterkam. Sie öffnete die Haustür einen Spalt und bat Braden, still zu sein. Krämer stand im Schlafanzug oben an der Treppe, schwankte, hielt sich am Geländer fest. Sie war ängstlich, ihre Hände zupften am Ausschnitt des Nachthemdes. Am Hals hatte sie einen großen braunen Leberfleck.

«Sie ist nicht hier», sagte sie mehrmals und versuchte, die Tür wieder zu schließen.

«Die soll sich bloß nicht hier blicken lassen», rief Krämer, «mach die Tür zu.»

Sie weinte, während Krämer oben am Geländer stand und schimpfte. Schließlich drückte sie die Tür zu; Braden setzte sich auf die Treppenstufen, stützte den Kopf in die Hände. Es war bereits früh am Morgen, die LKWs fuhren am Dorf vorbei, ihre Scheinwerfer gruben große Tunnel in die Dunkelheit.

17

Wo bist du, Pitter, komm, versteck dich nicht. Pitter, Pitter», rief sie, kroch auf allen vieren über den Boden der Hütte kriechend, zog sich am Fensterbrett hoch und blickte nach draußen auf die Wiese. Die Sonne schmerzte in den Augen, alles blendete, Insektenschwärme, Steine, Baumstämme, Wolken von schwebendem Distelsamen. Kühe standen im Schatten der Schlehdornhecken, rissen Gras ab, kauten es lange, in ihren Augenwinkeln krabbelten Fliegen. Unten auf der Straße, die wie ein Fluß glitzerte, sah sie einen Steinlaster. Hinter der Straße und den Feldern lag Zeisers Hof, wo am Abend die Stallung gebrannt hatte. Sie roch an ihrem Haar, wischte sich durchs Gesicht und überlegte, was gewesen war, alles bestand nur noch aus Bildern, die sich willkürlich zusammensetzten zu einer Wirklichkeit, der sie nicht traute. Sie konnte sich an nichts erinnern. Pitter war bei ihr gewesen. Aber jetzt war er weg, einfach verschwunden. Mit Pitter konnte sie reden, auch wenn er nichts verstand. Sie rief wieder nach ihm, dann sah sie ihn in der Spitze einer krüppeligen Kiefer hocken. Er saß auf einem dünnen Ast und schaukelte.

«Pitter, Pitter», rief sie, sie fürchtete, daß er vom Baum fallen und auf die Felsbrocken schlagen könnte. Sie lief nach draußen und befahl ihm, vom Baum herunterzuklettern. Er folgte ihr ins Haus. Dort lief er unruhig umher und redete in seiner unverständlichen Sprache.

«Was ist mit dir, Pitter?» fragte sie, aber Pitter schimpfte wütend weiter vor sich hin. Sie bekam Angst vor ihm. In seinem Gesicht klebten getrocknete Marmeladenreste, sein Haar war fettig, mit dunklen, weit aufgerissenen Augen schimpfte er noch lauter mit ihr, gab schnarrende Laute von sich, wie ein Tier. Vielleicht versteht er doch etwas, dachte sie, vielleicht versteht er mehr, als wir verstehen können.

«Ich habe doch gar nichts getan, Pitter. Sag mir, was ich getan hab?» Sie weinte, wollte ihn an sich drücken, aber er stieß sie fort und spuckte vor ihr auf den Boden. Dann lief er nach draußen über die Wiesen zum Hof hinunter. Man konnte das verbrannte Holz und Stroh noch riechen. Pitter mußte beim Aufbau eines provisorischen Stalls helfen. Zeiser fuhr in der Gegend herum und suchte altes Baumaterial. Die Kühe standen nun gedrängt in den Stallungen auf der anderen Seite des Wohnhauses. Die Kälber blieben bis zum ersten Frost ohnehin auf der Weide.

Erst am Nachmittag kam Pitter wieder zurück, er schien alles vergessen zu haben, schleppte verkokeltes Zeug an. Er trug eine große Arbeitshose von Zeiser, die ihm um die Beine schlotterte, dazu eine rote Baseballkappe. In einer Plastiktüte hatte er etwas zu essen mitgebracht. Während Milli sich gleichzeitig Brot und Wurst in den Mund stopfte, erzählte sie von Braden.

«Früher, als wir noch Kinder waren, sind wir immer hierhergekommen und haben gespielt. Ich kann mich noch an alles erinnern. Er kam immer mit seinen Steinen an und versuchte, mir Sachen zu erklären, die ich nicht verstand. Weißt du, wie alt die Erde ist und das Universum? Milliarden Jahre, weißt du, wieviel das ist?»

Pitter sah sie aus großen Augen an und nickte, und sie glaubte, daß er es verstände.

«Ich weiß nicht, wieso ich Braden nicht lieben kann. Kann es sein, daß man jemanden zu sehr liebt, um ihn zu lieben? Manchmal schleiche ich nachts auf den alten Friedhof und sehe zu seinem Fenster hinauf, ich wäre dann sehr gern bei ihm. Ich wünsche es mir mehr als alles andere auf der Welt. Aber ins Dorf traue ich mich kaum noch. Ich habe zuviel falsch gemacht. Immer mache ich die Sachen anders, als ich eigentlich will. Ich hätte gern mit ihm getanzt, aber ich konnte nicht. Ich weiß nicht, warum.»

Pitters Hände waren rissig vom Schleppen der Steine.

«Wie weit seid ihr denn? Dein Vater hat auch nur Pech», sagte sie. «Vielleicht ginge es ihm ohne Johanna besser. Braden geht es ohne mich auch besser, selbst wenn er das nicht wahrhaben will. Ich werde immer häßlicher. Guck, meine Zähne! Früher waren sie schön. Mama sagte, ich hätte Zähne wie Perlen.»

Pitter begutachtete ihre Zähne wie bei einem Tier, er fuhr mit den Fingern darüber und befühlte danach seine Zähne.

«Alle zerreißen sich das Maul über mich. Aber Braden ist das egal. Was meinst du, Pitter? Was meinst du, was soll ich machen?»

Sie drückte seinen Kopf an ihre Brust und streichelte über sein Haar. Zeiser hatte einmal gesagt, daß er gar nicht sein leiblicher Sohn sei. Eine von Johannas Verfehlungen. Pitter summte etwas, es war keine richtige Melodie, aber sie summte mit, und plötzlich waren sie beide eingeschlafen. Sie schliefen bis zum späten Nachmittag. Das Blechdach der Hütte knackte, als würde jemand darübergehen.

Sie verließen die Hütte, liefen über die Felder zur Stolzenburg, blieben auf den Steinen vor dem Abgrund sitzen, sahen auf das Blätterdach hinab, zum Urfttal, zu den am Flußufer verlaufenden Bahngleisen. Von der einstigen Burg gab es nur noch niedrige Mauerreste und Löcher, in denen Strohwang nach seinem Schatz gegraben hatte. Die Bauern hatten vor langer Zeit die Steine herausgebrochen und damit ihre Häuser gebaut. Milli lief einen schmalen Pfad zur Urft hinunter. Pitter blieb stehen, er wollte nicht mehr mitkommen. Sie mußte ihn ein Stück hinter sich herziehen. Als sie unten an der Straße standen, fuhr ein Steinlaster vorbei. Vom Fahrtwind wurde der Dreck am Straßenrand hochgewirbelt. Pitter hatte Blindschleichen gefunden, ein ganzes Nest junger Blindschleichen, die er triumphierend in die Luft hielt und dann in seine Taschen stopfte. Sie liefen ein Stück an der Straße entlang, sprangen die Böschung hinunter, liefen über eine Wiese mit hohem Gras bis zum Fluß. Am Ufer waren Kuhtritte im getrockneten Matsch und Libellen und Schwärme von Mücken, die dicht über dem Wasser schwebten. Erlen, deren Geäst wie ein dunkelgrünes Gewölbe über das Wasser wuchs. Sie stand auf und lief durch das seichte Wasser gegen die Strömung. Die Steine waren so glitschig, daß sie ausrutschte und hinfiel. Sie lief immer weiter, Pitter folgte ihr am Ufer. Sie lief unter einer Bahnbrücke hindurch, an einem Anglersteg vorbei, hockte sich ins Wasser und suchte nach einem Stein für Braden. Ihre Hände tasteten über die Steine, die alle schön aussahen, sich so glatt anfühlten, aber sobald Milli sie aufhob, verloren sie ihre Schönheit.

18

Strohwang erzählte unablässig von der Stolzenburg, von seiner Schatzsuche, von alten Chroniken, in denen er über den Schatz gelesen hatte. Er kritzelte mit einem Stock eine Zeichnung in den Staub, die er sogleich mit dem Schuh wieder verwischte, dann griff er in die Tasche und zeigte Braden eine alte, rostige Münze. Der Lärm der Gesteinsmühlen nahm jedes Wort. Sie kontrollierten die Schiebermotoren im Mühlengebäude, kletterten bis zur obersten Etage, wo man ein Stück des Himmels durch das beschädigte Dach sehen konnte. Plötzlich war Strohwang irgendwo im Mühlengebäude verschwunden, als hätte der Lärm ihn geschluckt. Braden erledigte die Arbeit allein.

Nach der Schicht stieg er zu Höger und Mättes in den LKW. Sie fuhren von der Landstraße zur Einfahrt des Steinbruchs, hinter ihnen verwehte der Staub. Am Rand des Bruchs stand eine Wellblechhütte, die den Steinbrucharbeitern als Aufenthaltsraum diente. Neben der Eingangstür war ein großer Bottich, der Regenwasser vom Dach auffing. Hinter der Hütte fiel die Wiese sacht ins Tal ab. Zeisers Hof lag in der Talmulde. Mättes meinte, Zeiser habe wohl den Brand selbst gelegt, wegen der Versicherungssumme. Höger schaltete einen Gang runter, bevor er weiter in den Steinbruch hineinfuhr. Der LKW schaukelte auf dem holprigen Untergrund. Das Wurzelwerk der am Rande stehenden Bäume lag teilweise frei, Bäume waren in den Bruch gestürzt. Der Weg führte am Felsgrat des Bruchs vorbei, in Serpentinen ging es hinunter bis auf den Sockel über drei Abbauebenen zu einer großen Plattform. Die Bagger und die Arbeiter auf der Sohle wirkten wie Spielzeugfiguren. An den Hängen ragte Kalkgestein mit den rotbraunen Schlieren des Eisenoxids hervor. Es war, als würden sie zum Beginn der Erdgeschichte hinabfahren. Zwischen den Schichten aus Kalkgestein war lehmige Erde, die an manchen Stellen in Regenbogenfarben schimmerte. Als sie über die erste Sohle hinaus waren, führte der Weg so steil hinab, daß Braden sich festhalten mußte, um nicht vor die Frontscheibe zu rutschen. Der Bagger kratzte mit der Schaufel Gestein von der Wand. Sie fuhren einen Bogen, setzten rückwärts neben den Bagger, der nun das Gestein aufhob und auf die Ladefläche fallen ließ. Höger lehnte sich aus dem Seitenfenster, winkte dem Baggerführer zu.

Braden verließ das Führerhaus des LKWs nicht. Die Steinbrucharbeiter sahen es nicht gern, wenn er herumlief und nach Versteinerungen suchte, als würde ihnen etwas abgehen, wenn Braden einen Stein mitnahm. Leute aus der Stadt, die in den Steinbruch kamen, um in den Hängen nach Fossilien zu suchen, winkten sie hingegen herbei, wenn sie glaubten, einen interessanten Stein entdeckt zu haben. Braden wußte, daß es auf den Feldern schönere und seltenere Steine gab, dennoch ging er gerne in den Bruch. Er liebte es, an den Wochenenden dort zu sein, wenn sonst niemand sich dort aufhielt. Allein unten auf der Sohle stehend, gab es nur das Gestein, den Himmel, der in den Bruch hinabsank, herabkullerndes Geröll, Füchse, die in der Abenddämmerung am Hang vorbeischlichen, Stille, die sich dort unten verfing, Krähen, die gegen den Wind flogen, den Bruch überquerten, mit glitzernden Flügelspitzen wie schmelzende Eisstücke. Es war, als würde sich im Bruch der geheime Schnittpunkt aller Dinge befinden, wo alles seinen zeitlosen Ursprung hatte. In den Gesteinsschichten konnte man die Spuren eines vorzeitlichen Meeres sehen und eine schwarze, bitumenartige Schicht, von der Braden glaubte, daß sie von einem Kometeneinschlag herrührte, der vor Jahrmillionen alles Leben auf der Erde vernichtet hatte. In den Mythologien fast aller Völker wurde von solchen Katastrophen erzählt.

Während der LKW beladen wurde, erzählte Höger, Dreßen habe Kaninchen, die an einer Krankheit verendet waren, von zu Hause mitgebracht und sie unten auf einen Fels gelegt, wo die Uhus sie noch in der Dämmerung geholt hätten.

«Die Uhus erschienen mir so groß, daß ich Angst hatte, den LKW zu verlassen. Sie haben zwei Junge, da hinten auf dem Felsvorsprung nisten sie», sagte Höger. Braden dachte an Georg, der oft in den Steinbruch gekommen war, um nach seinen Uhus zu sehen. Er lag jetzt schon eine Weile im Krankenhaus, die Ärzte wußten nicht, was er hatte.

Jedesmal, wenn die Baggerschaufel Gestein herabfallen ließ, schaukelte der LKW. Der Baggermotor heulte auf, wenn die Schaufel neues Gestein aufhob. Nachdem der LKW beladen war, kletterte Höger aus dem Führerhaus und lief zum Bagger hinüber. Er sprang auf die Raupenketten, hielt sich am Fenster fest und sprach mit Dreßen. Kurz darauf kam er wieder zurück, kletterte in den Lastwagen, setzte sich hinters Steuer und startete. «Dann wollen wir mal wieder», sagte er, legte den ersten Gang ein, hupte und fuhr los. Er grüßte Sülger, der mit seinem LKW in den Bruch hineinfuhr. Der Wagen kroch den Bruch hinauf. Im Autoradio spielte Musik, die im Motorenlärm unterging, unter der Sitzbank kullerten Sprudelflaschen. Als Höger auf die Umgehungsstraße fuhr, kurbelte er das Fenster herunter. Ein kühler Luftzug strömte ins Wageninnere. Die Straße machte einen weiten Bogen um Keldenich, führte vom Höhenrücken sacht in das Tal, durch das vor Kall liegende Industriegebiet in die Mitte des

Ortes. Mättes und Höger redeten wieder über Zeiser. Braden nickte nur, ohne wirklich zuzuhören. Es machte ihm nichts aus, immer wieder dasselbe zu hören, den ganzen Tag im LKW zu sitzen, dieselben Dinge am Straßenrand zu sehen, sie wurden dadurch nur wirklicher. Zeiser hatte die Strohfigur immer noch nicht abgebaut. Kinder aus dem Dorf kletterten auf den Ballen herum und winkten ihnen zu, als sie vorbeifuhren. In Kall am Bahnhof sah Braden Milli. Sie saß auf der Bank und wartete auf den Zug, der gerade in den Bahnhof einfuhr.

«Ich kann hier nicht halten, mach keinen Blödsinn, Braden», schrie Höger.

Er mußte ihn an der Jacke festhalten, damit er nicht hinaussprang.

«Ich halt da vorne, du bist verrückt, Braden, du siehst doch, daß ich hier nicht halten kann.»

Sie stoppten am Straßenrand, der Zug war schon abgefahren. Höger war wütend.

«Wenn du das noch einmal machst, nehme ich dich nicht mehr mit. Mach, daß du rauskommst, fahr doch hinter ihr her... du hängst sonst nur hier rum und wartest. Fehlt nur noch, daß du mir die Schuld gibst. Ich konnte nicht früher halten. Fahr mit dem nächsten Zug hinter ihr her, los, Braden!» Er rüttelte ihn und stieß ihn raus, aber Braden wollte nicht mehr aussteigen.

«Sie will mich doch gar nicht.»

«Wen kann die schon groß wollen? Also, was ist, steigst du aus, oder fährst du mit? Ich versteh dich nicht.» Höger schüttelte den Kopf und blickte Braden an.

«Als ich in deinem Alter war, hatte ich schon die halbe Welt gesehen, und du kommst nicht mal bis nach Köln.»

19

Im Steinbruch erzählte Sülger, er habe Milli am Morgen mit nach Kall genommen. Sie habe am Waldweg gestanden.

Braden sprang aus dem LKW, lief aus dem Steinbruch zur Landstraße. Vielleicht hatte Milli im Bruckshaus geschlafen. Das Bruckshaus bestand aus einem Stall und einigen Wohnräumen. Die Wiese vor dem Stall war von Kühen zertrampelt. Auf einem getrockneten Misthaufen lag eine verrostete Schubkarre. Zeisers Kühe grasten am Hang zwischen den Apfelbäumen. Da die Eingangstür zum Haus verschlossen war, ging er in den Kuhstall, zwängte sich durch eine Öffnung, gelangte zur Treppe, die nach oben zum Wohnraum führte. Alles war verwahrlost und mit Gerümpel verstellt. Durch die Ritzen im Fensterverschlag fielen Lichtstreifen auf den Küchenschrank, auf angeschlagene Tassen und rostige Tabakdosen, auf vergilbte Kalenderblätter mit Jagdszenen, auf das Bettgestell, auf Millis Schlafsack und Kleidungsstücke, einen Stein, der im Licht mitten auf dem Tisch lag und den Pitter irgendwann angeschleppt hatte. Die Dielen knarrten, als Braden umherging, mit dem Schuh gegen leere Tablettenröhrchen stieß, gegen eine Konservenbüchse, die im Dunkel wegkullerte.

Braden ging zum Fenster, um den Verschlag zu öffnen. Er wischte Staub und Spinnweben fort. Eine vertrocknete Fliegenhülse blieb an seiner Hand hängen. Die durchsichtigen Flügel waren zerknittert, die Äderchen auf den Flügeln erinnerten an die Maserung eines welken Birkenblattes. Er konnte sie mit einem Hauch von der Hand wegblasen. Bussarde kreisten über den Wiesen, schraubten sich immer höher in den Himmel, bis sie schließlich unsichtbar wurden. Ihre Schreie hörten sich an wie das Jammern kleiner Kinder.

Zeiser fuhr über die Brücke; Pitter lief hinter dem Traktor her, mitunter sprang er auf die Achsenstange, fuhr ein Stück mit, dann verschwand der Traktor hinter einem Feldgehölz. Auf der Weide stoppte Zeiser, kletterte vom Traktor und lief über die Wiese, um die Kühe zum Melkanhänger zu treiben, er machte sie an den Boxen fest und legte ihnen Melkgeschirr an. Die Kühe peitschten mit den Schwänzen, um die Fliegen zu vertreiben. Während sie gemolken wurden, schlug Zeiser ihnen leicht auf die Flanken und sprach mit ihnen. Pitter lief mit ausgebreiteten Armen über die Wiese, sprang auf die großen, inmitten der Wiese liegenden Felsbrocken und sah zum Bruckshaus hinüber. Jedesmal, wenn er sich dem Haus näherte, schrie Zeiser, er solle zurückkommen.

Braden setzte sich in einen Sessel, er war müde und schlief bald ein. Wach wurde er erst, als sich in der Dunkelheit Stimmen näherten. Er kletterte auf den Speicher, verschloß die Luke hinter sich und kroch bäuchlings über verfaultes Heu, morsche, knackende Zweige und Fichtenzapfen, die man vor langer Zeit auf dem Speicher gelagert hatte. Er wagte kaum zu atmen, blickte durch eine Ritze zwischen den Brettern auf Johanna und Littwin hinab, seine Finger ertasteten im Heu die spitzen Knochen eines Mäuseskeletts, fühlten den Schädel, die winzigen Höhlen der Augen und Ohren. Der Schädel war nicht größer als eine Glasmurmel. Mondlicht fiel durch das Fenster. Johanna war betrunken und stolperte. Littwin hielt sie fest, an der Wand umarmten sich ihre Schatten, flossen zusammen. Er hörte ihr erregtes Atmen, Füße stießen gegen Dinge, die auf dem Boden lagen. Johanna sagte, daß Milli oft in der Hütte übernachte; Zeiser dulde das. Sie knöpfte Littwins Hemd auf, küßte seinen Hals und die Brust, glitt weiter an ihm hinunter, während er ihr die Bluse über den Kopf zog; ihr Haar fiel auseinander und verteilte sich auf dem weißen Rücken. Braden hörte, wie Johanna Littwin ins Ohr flüsterte, daß sie ihn liebe. Die rostigen Federn des Bettgestells quietschten. Ihre Brüste hingen zur Seite; die Beine hatte sie gespreizt; ihre Füße überkreuzten sich auf seinem schwitzenden Rücken. Streu rieselte durch die Ritze zwischen den Brettern, die Hitze des ganzen Tags hatte sich unter dem niedrigen Dach gestaut. Littwin richtete sich auf, kratzte sich am Nacken. Johanna sagte, daß er weitermachen solle, spreizte ihre Beine weit auseinander, zog ihn wieder zu sich hinab, küßte ihn, schloß die Beine wieder über seinem Rücken, die Haut ihrer Schenkel war weiß, sah aus wie eine Schnecke, die ihr Gehäuse abgestreift hat. Er drückte ihre Brüste zusammen, saugte daran, während sie in seinem Haar kraulte; ihr Stöhnen klang, als würde sie ein Lied summen. Braden fühlte, daß seine Hand auf einem Nest von toten Mäusen lag, deren feine Knochen in seine Hände stachen. Littwin legte die Stirn auf Johannas Schulter. Ihre Arme waren ausgestreckt, so daß man ihr nasses Achselhaar sehen konnte. Einen Moment lagen sie still aufeinander, dann sagte sie ihm, daß er zu schwer sei, stieß ihn von sich weg, wischte sich mit einem Papiertaschentuch zwischen den Beinen ab und setzte sich auf die Bettkante.

«Was, wenn du schwanger wirst?» fragte Littwin.

«Ich werde schon nicht schwanger, da brauchst du dir keine Sorgen zu machen.»

Littwin stand auf und suchte unter den auf dem Boden liegenden Sachen nach seiner Unterhose, zog sie an und ging zum Fenster. Auch sie raffte ihre Kleider zusammen und zog sich an.

Lange nachdem sie fort waren, kletterte Braden vom Dachboden hinab. Kleine Tierchen krabbelten auf seiner schweißnassen Haut. In der Hand hatte er noch die Mäuseknochen. Mit einem hatte er sich in die Hand gestochen. Es blutete ein wenig. Er bückte sich nach dem zusammengeknüllten Papiertaschentuch, faltete es auf, roch daran und legte die Knochen der Mäuse hinein. Ein Steinlaster fuhr den steilen Berg hinauf, Scheinwerfer streuten Licht über Wiesen und Felder. Am Eingang zum Stall stand eine Kanne Milch, die Zeiser am Abend, als er die Kühe gemolken hatte, für Milli dort hingestellt hatte.

Der Meister saß nach vorn gebeugt am Schreibtisch und studierte eine technische Zeichnung. Durch das verschmierte Bürofenster sah Braden zum Wärmetauscher und zur Sinteranlage, über der großen rostigen Trommel flimmerte erhitzte Luft. Pauli lief über den Steg, der am Drehrohrofen vorbei zum Wärmetauscher führte. Als ein Lastwagen über die Wendeplattform fuhr, staubte trockene Erde auf. Erst als Braden auf sich aufmerksam machte, wendete sich Scory nach ihm um.

«Du kommst also auch noch, in der letzten Zeit bist du nur noch zu spät», sagte er erbost. «Immer findest du neue Ausreden, ich will gar nichts hören von dir. Du sollst zu Mathesius kommen.»

«Warum?»

Scory zog an seiner Zigarette, drückte sie hastig in einen mit Kippen gefüllten gläsernen Aschenbecher. Der Meister war kein schlechter Kerl, Braden kam gut mit ihm aus. Manchmal, wenn nicht alles nach seinem Willen ging, wurde er aufbrausend und brüllte herum. Aber im Lärm der Gesteinsmühlen hörte das ohnehin niemand.

«Braden, ich rate dir, halt deinen Mund… Hör dir einfach nur an, was der Chef zu sagen hat?»

«Ich konnte nichts dafür. Was soll ich denn machen, wenn die Motorwicklung durchgebrannt ist.»

«Thies sagt, du hättest erst eine Stunde später angerufen. Geh jetzt, Braden, du müßtest schon längst unten sein. Er hat schon nachgefragt, wo du bleibst.»

«Ich hab ihn überall gesucht», maulte Braden und verließ das Meisterbüro, lief über die Wendeplattform in den unteren Teil des Zementwerkes, vorbei an fensterlosen Gebäuden, an deren Fassaden Zementstaub festgepappt war. Aus Ritzen und Luken drangen Qualm und Staub. Auf der Tonnenwaage vor dem Bahnübergang stand ein Silolastwagen. Der Fahrer lief über die Bahngleise, ging durch das Drehkreuz, in seiner Hand flatterten die farbigen Durchschläge von Lieferscheinen. Er stieg in den Lastwagen und fuhr fort, während Braden die Brücke überquerte, um hinüber zur Verwaltung zu gehen, die in einem alten Gebäude untergebracht war, mit großen Fenstern, einer Treppe, die in einen dunklen Flur zum Büro des Werksleiters führte. Als Braden vor der Bürotür stand, nahm er seinen Helm ab und klopfte an. Im Büro roch es nach abgestandenem Zigarrenqualm. Er ging über die knarrenden Dielen des Büros, blieb vor dem Schreibtisch stehen. Es war dasselbe Büro, in dem Braden sich vor Jahren vorgestellt hatte. Auf den Regalen hatten überall Versteinerungen gelegen, da der frühere Direktor sich auch für Steine interessiert hatte. Er hatte Braden eingestellt, obwohl er keinen Schulabschluß besaß. Die Versteinerungen waren nicht mehr da, an deren Stelle standen nun ein Aktenschrank und ein Computer. In einem hölzernen Spindschrank lag der weiße Schutzhelm des Direktors. Mathesius sah auf die Uhr. Braden entschuldigte sich, weil er zu spät gekommen war.

«Ich habe keine Schuld», sagte er.

«Darüber will ich jetzt nicht mit Ihnen diskutieren, erledigen Sie Ihre Arbeit. Wenn eine Maschinenstörung vorliegt, haben Sie diese sofort zu melden.»

Braden stotterte etwas, blickte auf den Boden, auf seiner Stirn waren Schweißperlen, er sagte, er wolle wieder im Steinbruch arbeiten. Draußen fuhr ein Zug vorbei, und er hätte am liebsten darin gesessen.

«Fangen Sie nicht schon wieder damit an … Erledigen Sie Ihre Arbeit … anstatt sich mit anderen Sachen zu beschäftigen. Sie bringen den ganzen Betrieb durcheinander. Ich habe keine Lust, mit Ihnen darüber zu diskutieren.»

«Sie haben es mir versprochen», stammelte Braden.

«Was habe ich Ihnen versprochen?»

«Daß ich wieder im Steinbruch arbeiten kann.»

Bradens Helm fiel zu Boden, kugelte vor seinen Schuhen herum. Er bückte sich, hob ihn auf, wußte nicht, ob er ihn in der Hand behalten oder aufsetzen sollte.

«Gehen Sie jetzt wieder an Ihre Arbeit», sagte Mathesius.

Braden rannte nach draußen, stolperte die Treppe hinab, blieb erst auf der Brücke stehen, lehnte sich über das Geländer, blickte ins Wasser und erbrach sich, wischte dann die Kotzfäden mit dem Jackenärmel ab. Forellen standen in der Strömung. Sie schnappten nach seinem Erbrochenen und nach winzigen Insekten, die von den Uferbäumen gefallen waren und auf dem Wasser trieben. Dann lief er zu den Drehmühlen zurück. Als er dort ankam, war das Schüttloch mit Dreck aufgefüllt. Die Lastwagen mußten warten, bis sie wieder abladen konnten. Scory schickte ihn fort, um Filtersiebe zu reinigen.

21

Braden war nach der Arbeit zu seinem Vetter ins Krankenhaus gefahren und saß an seinem Bett. Georg schlief, die Hände zitterten auf der Bettdecke, griffen manchmal in das Laken. Er schien sich etwas im Schlaf zu erzählen. Vom Fenster des Krankenzimmers sah man zum Wald am Steilhang, wo Habichte durch den Regen flogen und plötzlich in den Wald unter die Zweige stürzten, um dort zu jagen.

Es hatte den ganzen Tag über geregnet. Der Himmel war wie zerlaufene graue Wasserfarbe. Die Scheinwerfer der auf dem Parkplatz wendenden Autos schienen in das Dunkel des Fichtenwalds. Der Bus, mit dem Braden gekommen war, hatte vor dem Gymnasium gehalten, in dem auch Braden eine Zeitlang zur Schule gegangen war. Er hatte sich wieder an diese Zeit erinnert, sah sich mit dem Schulranzen am Geländer der Urftbrücke stehen und ins Wasser hinabsehen, die glänzenden Steine betrachten, über die das Wasser hinwegfloß, er dachte, gar nichts ginge verloren, alles würde irgendwo in geheimen Fächern aufbewahrt.

Am Abend wurde Georg wach, hatte Schmerzen und rief nach einer Schwester. Jetzt erst bemerkte er Braden. Georg sagte, er könne nichts mehr riechen, von allem werde ihm übel, auch vom Geruch der Menschen, er wolle keinen Besuch mehr haben, der nach Zementstaub roch, dann redete er von der Arbeit auf dem Werk. Er habe nie Elektriker lernen wollen, sondern Förster, aber im Laufe der Jahre habe er sich daran gewöhnt, wie man sich an alles gewöhnt. Er wurde schnell müde vom Reden, es war, als würde er die Dinge, über die er sprach, selbst bewegen, suchte lange nach Worten, seine Hände hockten zitternd, wie große Spinnen, auf dem Bettuch. Manchmal hörte er mitten in einem Satz auf zu sprechen, sagte, daß er vieles falsch gemacht habe. Nieselregen kritzelte feine Striche an das große Glasfenster. Braden sagte, daß es wieder zu regnen begonnen habe. Georg versuchte sich auf die Ellenbogen zu stützen, um hinauszusehen. Er war zu schwach, keuchte von der Anstrengung. Ihre Gesichter spiegelten sich in der Fensterscheibe. Sie kamen Braden fremd vor, wie von Leuten, die in einer anderen Welt lebten. Jetzt hatte er sich daran gewöhnt, im Krankenhaus zu sein, und wollte gar nicht mehr fort. Als das Abendessen gebracht wurde, ließ Georg es stehen. Er sagte, vom bloßen Anblick werde es ihm übel, schob es seinem Vetter hin, drehte sich zur Seite, während dieser aß.

«Dieses Jahr werde ich wohl nicht zur Treibjagd mitkommen können», sagte er, redete dann wirr durcheinander, sprach von Milli, die einmal bei ihm im Krankenhaus gewesen war, wie hübsch sie sei, sprach von seinen Uhus, die Braden versorgen solle.

«Hat er wirklich solche Vögel?» fragte der Zimmernachbar, der zum Abendessen gekommen war. «Er redet soviel wirres Zeug, wohl wegen der Medikamente, die sie ihm geben. Ich gehe deshalb immer raus. Manchmal wacht er nachts auf und sagt, daß die Uhus draußen vor dem Fenster hocken.»

Der Mann steckte eine Zigarette, aus der die Glut herausgedrückt war, in die Schachtel zurück und setzte sich auf die Bettkante. Auf dem Flur hörte man eine Schwester rufen und das Rasseln des Geschirrwagens, der Mann blickte zum Fernseher, der auf einem Dreharm unter der Decke stand, setzte den Kopfhörer auf und legte sich aufs Bett. Seine Beine waren dürr. Er hatte rote Zehenballen, die Zehennägel waren gelb und gekrümmt. Eine Hand lag unter seinem

Nacken, während er mit der anderen die Fernbedienung betätigte und von einem Programm zum nächsten wechselte, nie länger als zwei Atemzüge bei einem Programm verweilend, er blickte auf die vielen Bilder, die in Sekundenschnelle wechselten, die, je länger man hinsah, zu einer neuen Wirklichkeit wurden.

Georg atmete leise, hauchte manchmal das Wort Gott oder stammelte, daß er sie nie gehen lassen werde, dann schwieg er wieder und atmete wie nach einem Dauerlauf. Vom Flur hörte man immer noch das Geklapper der Geschirrwagen. Die Schwester sagte, Braden müsse nun endlich gehen, die Besuchszeit sei schon lange vorbei.

Braden fuhr mit dem Schienenbus nach Kall, wo er sein Moped am Bahnhof stehen hatte. Man hatte ihm ein Rad zerstochen. Er schob das Moped bis zum Dorf. In der Kirche arbeiteten Männer aus dem Dorf an der Fußbodenheizung. Die Erde aus den Heizungsschächten wurde nach draußen auf einen Anhänger gekarrt. Den Friedhof und den Eingang zur Kirche erhellten Bauscheinwerfer. Braden wußte, in der Erde, die man hinaustransportierte, waren Menschenknochen. Der Pfarrer hatte während der Sonntagspredigt geäußert, die Kirche sei einst auf einer kultischen Grabstätte errichtet worden. Einer der Männer schrie zu Braden hinüber, ob er nicht helfen wolle, er gehöre doch auch zum Dorf. Die Erde mit den Knochen kippte man draußen vor dem Dorf in eine Mulde. Später würde man diese Erde feierlich segnen, hatte der Pfarrer gesagt.

Die Uhus gewöhnten sich an Braden, sie waren jetzt schon so groß wie die Zuchtvögel, man konnte sie nur an dem noch weißen Untergefieder unterscheiden. Sie flatterten auf, als er die Käfigtür öffnete, stießen mit den Schwingen gegen den

Maschendraht, versuchten, sich festzukrallen, und flogen dann auf einen Balken unters Dach. Ihre großen Augen beobachteten ihn, während er tote Küken aus einem Plastikeimer auf den Baumstumpf schüttete. Als Braden an der Hangwiese saß, flogen sie zum Baumstumpf, um zu fressen. Helga, Georgs Frau, setzte sich neben Braden.

«Du mußt sie fliegen lassen», sagte sie.

«Er stirbt, wenn sie frei sind, aber ich glaube, er will es so», antwortete Braden.

«Es ist schlimm für mich, ihn zu besuchen», sagte Helga. «Als ob er ein anderer wäre, nie im Leben hat er solche Wörter gebraucht. Er beschimpft mich sogar.»

Braden stand auf, öffnete den Uhus die Ausflugklappen, wartete, bis sie über dem Dorf kreisten, immer größere Kreise zogen und endlich im Dunkel verschwanden.

22

Braden lief vom Bruckshaus über Wiesen und Felder zum Zementwerk, arbeitete, fuhr nach der Arbeit mit Höger im LKW, legte sich schlafen, erwachte wieder, um zur Arbeit zu gehen, saß am Schreibtisch in seinem Zimmer, las in Büchern und beschäftigte sich mit seinen Steinen. Vom Fenster aus konnte er das Ewige Licht über dem Altar brennen sehen, eine winzige rote Ölflamme, die von den Meßdienern einmal in der Woche mit neuem Öl versorgt wurde. Im Dorf sagte man, er würde immer absonderlicher. Mit dem Herbst zogen die Prozessionen durch das Dorf, von einem Traktor begleitet, auf dessen Anhänger Kleidung und Verpflegung der Pilger lag. Fast täglich kam eine Prozession vorbei.

Als Braden an seinem Schreibtisch saß, war es spät in der Nacht. Er sah Milli über den Friedhof laufen, rannte nach draußen, fand sie am Steinkreuz hockend; sie starrte in die Ebene hinab, wo weit entfernt die Lichter der Stadt flimmerten, die Leuchtspuren der Autos die Ortschaften miteinander verbanden. Sie schien ihn gar nicht zu bemerken. Fledermäuse aus den Bergwerksstollen und vom Kirchdachstuhl ritzten mit ihren hellen Schreien das Dunkel. Er setzte sich zu ihr, und sie lehnte ihren Kopf gegen seine Schulter. Um das Handgelenk hatte sie einen schmutzigen Verband gewickelt, ihre Finger zitterten, als sie sein Gesicht berührte, über seine Wangen streichelte und ihn aus großen Augen ansah.

«Mir geht's nicht gut, Braden», sagte sie.

«Ich dachte, du würdest nicht mehr hierherkommen.»

«Ich habe dir oft von hier aus zugehört, aber du spielst gar nicht mehr, ich würde gern ein Lied von dir hören.»

Braden rannte ins Haus, holte die Tuba, setzte sich zu ihr und spielte.

Als sie aufstand, um zu gehen, mußte sie sich für einen Moment an der Kirchenmauer abstützen, dann ging sie schwankend los, ihr Verband wickelte sich vom Handgelenk ab, schleifte über den Boden. Er schritt hinter ihr her, blies in die Tuba. Die Leute im Dorf wurden wach. Der Braden ist wieder besoffen, dachten sie, während er hinter ihr herlief, aus dem Dorf zur Landstraße, die sich wie eine große schwarze Schlange um die Dörfer wand. Sie verschwanden füreinander im grellen Licht aufgeblendeter Scheinwerfer, ihre Schatten tanzten groß und schräg über der Straße, auf der Höhe des Bruchs blieb Milli stehen und schrie, er solle ihr nicht nachlaufen. Aber er konnte nicht stehenbleiben, mußte ihr folgen, auf der Tuba spielen, die Sterne zurück an den Himmel pusten. Sie rannte über den Feldweg zum Bruckshaus. In der Dunkelheit stolperte sie über die Wiese, hatte Mühe, den Eingang zur Hütte zu finden, den Zeiser mit Brettern zugenagelt hatte, weil Pitter immer wieder hineinkletterte.

«Ich muß da rein», sagte sie immer wieder, «hilf mir, Braden.»

Ihre Hände zitterten an den Brettern entlang, er legte seine Tuba vorsichtig ins Stroh, scheuchte die Kühe, die neugierig von der Wiese zum Stall getrottet waren, weg, hebelte mit einer Eisenstange die Bretter ab, so daß sie hineinkriechen konnte. Sie beachtete ihn nicht mehr, stürzte die Treppe hinauf, lief oben herum, als suche sie etwas. Dann wurde es ganz still, er rief leise ihren Namen. Als sie nicht antwortete, tastete er sich nach oben, ging durch die dunklen Räume, fand sie schließlich auf dem Bett liegend. Sie sah Braden aus großen ausdruckslosen Augen an.

«Du solltest doch nicht hinter mir herkommen.»

«Warum machst du das?»

«Das verstehst du nicht, laß mich in Ruhe, geh jetzt endlich.»

«Ich geh nicht», sagte Braden, er ließ sich mit dem Rücken an der Wand hinuntergleiten.

«Du darfst niemandem sagen, daß ich hier bin.»

«Warum bist du denn hier?»

«Weil es schön ist, alles hier ist so schön.»

Sie schlief ein. Mit dem Morgen lag der Nebel wie eine Decke über den Wiesen. Den Berg hinauf fuhren Steinlaster, er war von ihren Motoren wach geworden. Sie fuhren in den Bruch hinein, man hörte das Aufheulen des Baggermotors, das Aufschlagen des Gesteins auf die noch leeren Ladeflächen. In den Spinnweben am Stacheldrahtzaun glitzerten Tautropfen. Die Kühe standen mit den Hufen im Nebel. Auf dem Dachboden knisterte Heu. Überall in der Hütte lagen Versteinerungen herum, die Pitter gefunden hatte, die Erde an ihnen war getrocknet und bröckelte ab. Milli schlief noch, er deckte sie zu, verließ die Hütte, lief zur Ausfahrt des Bruchs, um mit einem der LKWs zur Arbeit zu fahren. Er mußte den ganzen Morgen die Zementschicht von den Geländern des Elektrofilters abkratzen, danach strich er sie mit grauer Mennigefarbe. Jedes Jahr mußten die Geländer neu gestrichen werden, weil sich auf allem eine Zementhaut bildete. Strohwang redete wieder von seinem Schatz, den er bald gefunden haben würde. Man durfte ihn nicht auslachen, sonst wurde er wütend und warf mit Gegenständen um sich, selbst einen Meister hatte er schon angegriffen, als der sich über seine Geschichten lustig gemacht hatte.

Wenn ein LKW auf die Plattform fuhr, kam Krämer aus

seinem Verschlag, um den Wagen einzuweisen. Nachdem der LKW abgekippt hatte, schaufelte er den am Rand liegenden Dreck ins Schüttloch. Braden dachte an Milli, fürchtete, daß sie wieder fort sein könne. Er hielt es nicht mehr aus, auf der Arbeit zu bleiben. Als Höger mit dem LKW kam, rannte er nach unten, lief hinter dem Wagen her, sprang auf das Trittbrett, wobei er seinen Helm verlor. Scory stand auf der Straße und schrie ihnen nach, vor Wut trat er mit dem Fuß gegen Bradens Helm.

«Du bist verrückt, Braden. Ich müßte anhalten und dich rauswerfen. Wo willst du eigentlich hin, die ist doch sowieso längst abgehauen.»

Braden sah Höger entsetzt an, wurde ganz bleich.

«Ich habe nur Spaß gemacht. Sie wird noch dasein.»

«Kannst du nicht schneller fahren?»

«Ich fahr doch schon, so schnell ich kann.»

Beim Feldweg sprang er aus dem LKW, lief am Waldrand entlang, kletterte über den Zaun, rannte weiter; glitzernde Witwenfäden wehten über die Wiese, von den Bäumen taumelten die ersten welken Blätter, schwebten herab auf große bemooste Felsbrocken, er kletterte über einen rostigen Stacheldrahtzaun, lief weiter, weiter bis zum nächsten Zaun, kletterte darüber, sah endlich Milli auf dem schrägen Blechdach des Bruckshauses. Vom Buchenwald hinter dem Haus lösten sich Blätter, wie Schwärme von Faltern – große braune, rote und goldfarbene Falter –, die vom Wind über die Wiese getrieben wurden. Er lief ins Haus, kletterte vom Fenster auf einen kleinen Schuppen, von wo man auf das Dach gelangte. Das Blech war warm, hatte Rostflecken, große Steine lagen auf dem Dach, damit es bei einem Sturm nicht hochgehoben wurde, welke Blätter krochen, kleinen

Käfern gleich, über das Blech und verursachten scharrende Geräusche. Milli lag auf dem Dach, hatte die Hände hinter dem Kopf verschränkt und blinzelte in den Himmel. Hinter den Bäumen sah man die bereits abgeernteten Stoppelfelder, die Straße, über die eine Wanderprozession nach Kevelaer zog, gemurmelte Gebete, die er nie so deutlich gehört hatte, so als würden sie leise in sein Ohr geflüstert. Er legte sich neben sie, begann von Strohwang zu erzählen, der im Wald bei der Stolzenburg in der Erde wühlte, davon, daß er befürchtet hatte, sie sei wieder fortgelaufen.

«Ich geh nicht mehr fort», sagte sie, nahm seine Hände, betrachtete sie, befeuchtete die Farbflecken auf ihnen mit ihrem Speichel und kratzte die Farbe mit dem Fingernagel ab.

«Strohwang läuft im alten Gemäuer der Burg herum und sagt zu sich selbst, er würde dort einen Schatz finden.»

«Warum redest du jetzt von dem?»

«Ich weiß es nicht, ich muß die ganze Zeit an ihn denken.»

Sie richtete sich auf, sah ihn lange an, küßte ihn, während die Sonne durch den Wald schien, ein Uhu lautlos über die Wiese schwebte und so nah an ihnen vorbeisegelte, daß sie Angst bekam.

«Es ist einer von den ausgewilderten», sagte Braden. Hinter den Baumspitzen sah man das Dorf und die Landstraße. Braden schloß die Augen und schlief ein. Als er wach wurde, hörte er Milli in der Hütte herumstolpern. Er kletterte zu ihr hinunter, blieb am Fenster stehen, wandte sich ab und blickte nach draußen, während sie ihre Kleider auszog und sich unter die Decke legte. Er fürchtete, sie würde ihn fortschicken.

«Ich werde immer hierbleiben, komm zu mir. Du darfst niemandem sagen, daß ich hier bin, Braden, hörst du.»

Sie zog ihn zu sich, küßte ihn, die Kühe im Stall stießen gegeneinander, ihre Ketten rasselten leise.

«Draußen ist jemand», flüsterte Braden.

«Pitter stromert herum, er betet wieder mit den Kühen.»

Braden fühlte ihre warme Haut, konnte nicht glauben, daß er bei ihr lag, sie in den Armen hielt, dachte, er würde alles nur träumen, wie er dies schon so oft geträumt hatte.

«Wir brauchen uns um Pitter nicht zu kümmern, der betet jeden Abend mit den Kühen. Der geht gleich wieder.»

Sie klammerte sich an ihn, küßte seine Augen, seine Stirn, während Pitter irgendwo auf der Wiese im Dunkel herumlief, er berührte ihre Brüste, sie waren wie in die Hände geblasener warmer Atem. Er redete von Korallenriffen, von einem seichten, warmen Meer, das vor Millionen Jahren dort gewesen war, wo sie sich jetzt liebten, von den Steinen auf den Feldern redete er und den Steinen in den Kalkbrüchen und auf dem Grund der Flüsse.

«Du brauchst keine Angst zu haben, Braden… du mußt nicht soviel reden… die Steine sind auch still, wenn sie lieben.»

23

Braden stand an der Straße und schwenkte seinen Helm, um mitgenommen zu werden. Seit er mit Milli im Bruckshaus zusammenlebte, sahen die Fahrer ihn nur noch selten. Sülger, mit dem er einmal gefahren war, erzählte, Braden sei ein anderer Mensch geworden, er habe sich mit ihm unterhalten und Scherze gemacht und hätte gepflegt ausgesehen. Höger, der neugierig auf den veränderten Braden war, stoppte den LKW. Braden kletterte ins Führerhaus, er hatte vom Wind gerötete Wangen, und sein schwarzes Haar kringelte sich über den Ohren, er war wirklich verändert, seine Augen leuchteten.

«Wie geht's, Braden?»

«Gut.»

«Das sieht man.»

«Was meinst du damit?»

«Man sieht, daß du glücklich mit ihr bist.»

Braden nahm einen Stein aus der Tasche, langte nach der Putzwolle auf dem Armaturenbrett, wischte darüber.

«Aber für Steine interessierst du dich immer noch.»

«Klar, wieso nicht, hier, das ist ein Karststein, der dürfte eigentlich gar nicht bei uns vorkommen, manchmal denke ich, daß die Steine wandern, wie Sterne.»

«Wie geht's deiner Milli denn, man hört und sieht nichts mehr von ihr.»

«Wir wollen bald heiraten, hab das Aufgebot schon bestellt. Willst du nicht Trauzeuge sein?»

«Warum nicht?» sagte Höger verblüfft, das ging ihm alles ein wenig zu schnell.

«Ich habe mich für die Stelle im Labor beworben.»

«Hab schon davon gehört, Reuter geht ja bald in Rente.»

«Ich muß ein paar Lehrgänge machen, und Scory will sich dafür einsetzen, daß ich die Stelle bekomme, aber ich habe sowieso mehr Ahnung als die über Mineralogie. Ich kann keine Schicht mehr machen, wenn wir erst Kinder haben.»

Höger fragte sich, ob Braden glaubte, was er sagte, aber es hatte keinen Sinn, etwas zu erwidern, statt dessen erkundigte er sich nach dem Heiratstermin, er wollte nämlich wieder Auslandstouren fahren.

«Wenn ich dann noch hier bin, mach ich dir den Trauzeugen«, sagte er.

Braden lachte, drehte sich zur Seite, spuckte aus dem Fenster und sagte: »Seit ich dich kenne, redest du davon. Du gehst doch sowieso nicht weg.»

«Wart's ab, eines Tages bin ich nicht mehr hier.»

Über die gepflügten Felder zogen Wolkenschatten, vor Kall standen Tramper am Straßenrand, ein Mädchen hielt einen toten Vogel an einem Flügel und warf ihn in den Straßengraben. Strohwalzen waren zu großen Burgen auf den Feldern aufgetürmt. An den Hängen wuchs Ginster, dessen blaßgrüne Ruten voller schwarzer Schoten hingen.

In Kall stieg Mättes zu, der sofort einschlief, den Kopf gegen die Polsterung gelehnt, mit offenem Mund schnarchend, manchmal schnalzte er mit den falschen Zähnen, brabbelte im Schlaf. Braden kletterte aus dem Wagen, als sie an den Drehmühlen angekommen waren.

«Bis morgen früh», rief er und knallte die Tür zu, daß Mättes aus dem Schlaf aufschreckte und entgeistert umherblickte.

«Was hältst du denn von dem?» fragte Höger, wobei er Braden nachblickte, wie dieser zu Scory hinüberging. Die beiden begrüßten sich und gingen zu den Gebläsen unter dem Elektrofilter. Über ihren Köpfen verzweigte sich eine Vielzahl von Rohren. Scory nickte nur, während Braden ihm etwas erklärte, dann gingen sie zum Meisterbüro und beugten sich über eine Zeichnung.

«Wenn der will, steckt er hier alle in die Tasche, die sind nicht dumm in der Familie», antwortete Mättes.

Höger kippte das Gestein ab, fuhr weiter durch das Dalbendener Tal, er sah immer wieder zu der Stelle, wo er den Toten gefunden hatte. Manchmal wachte er nachts in Schweiß gebadet auf, sah im Traum die Leiche im Wasser treiben.

«Weiß man immer noch nichts?» fragte er Mättes.

«Nein, die tappen im dunkeln, es gibt fast keinen im Dorf, den sie nicht verdächtigt hätten, jetzt sagen sie, daß der verrückte Pitter es gewesen sein soll.»

Falken standen rüttelnd im Himmel über den Feldern, ihre Schatten auf den Äckern waren geheimnisvolle, ineinander verschlungene Kreise. Am Horizont sah man den Höhenrücken, von dem es in den Bruch hineinging, Lastwagen, die aus dem Steinbruch herausfuhren und unter den großen, schwarzen Regenwolken hindurchkrochen, Wolken, die in der Ferne die Wiesenhügel zu berühren schienen. Sie fuhren langsam schaukelnd den Weg zum Steinbruch hinunter, wendeten, setzten den LKW neben den Bagger. Kurz darauf fuhr Sülgers LKW in den Steinbruch hinein. Wie große Kleckse fielen die ersten Tropfen auf den Fels, auf die staubtrockene Erde, dann prasselte der Regen auf das Führerhaus, schäumende Bäche sprangen den Hang hinunter.

24

Als Braden in der Früh von der Nachtschicht zurück zum Bruckshaus kam, kniete Hüby, der Tierarzt, auf der Weide vor einer verendeten Kuh, er unterhielt sich mit Zeiser, richtete sich dann auf und ging zum Auto. Pitter zerrte Braden am Arm zur Kuh hin, während der Tierarzt seinen Koffer aus dem Auto holte und zur Weide zurückging, wo er sich wieder hinhockte, um die Kuh zu untersuchen. Er trug eine Brille mit dicken Gläsern, hinter der seine Augen klein wie Hemdknöpfe waren.

«Ist dir hier was aufgefallen, Braden?»

«Was soll mir aufgefallen sein?»

«Ich meine, ob sich hier jemand herumgetrieben hat?»

«Er will sagen, daß jemand die Kühe vergiftet hat», brüllte Zeiser dazwischen. Sein Gesicht war müde und blaß, unter seinen Arbeitsklamotten trug er noch den Schlafanzug, dessen Hosenränder naß vom Tau waren.

«Sei mal still», sagte Hüby, «gestern hatte ich einen ähnlichen Fall in Krekel, davor in Zingsheim. Ich habe keine Erklärung dafür.»

«Ich habe nichts bemerkt, komme gerade erst von der Arbeit.»

«Und Milli, hat sie was gesehen?», entgegnete Hüby.

«Laßt das Mädchen doch in Ruh», sagte Zeiser.

«Sei doch mal zwei Minuten still», sagte Hüby erbost. «Ich komme, wenn ich mit der Untersuchung fertig bin, bei dir vorbei, Braden.»

Hüby entnahm seinem Koffer einen kleinen Holzspatel und ein Fläschchen.

«Halt ihr das Maul auf», bat er Zeiser. «Ich brauch etwas von ihrem Speichel.»

Zeiser stellte sich neben die Kuh, zog ihr das Maul auf, eine dicke, blau geschwollene Zunge kam zum Vorschein. Ihre Augen waren verdreht, so daß nur das von roten Adern durchzogene Weiße des Augapfels zu sehen war. Hüby kratzte mit dem Spatel Schleim aus dem Rachen der Kuh, streifte den Schleim am Flaschenhals ab, suchte in seinem Arztkoffer nach einem Korken. Er sah kurz zu Braden hin, der zum Haus ging, kramte dann weiter in der Tasche und schimpfte über die Unordnung im Koffer.

«Ich muß irgendwo noch einen Korken haben ... Wie lange wohnt Braden mit der schon hier?» fragte er.

«Fast vier Wochen», sagte Zeiser.

«So lange schon.» Er schüttelte den Kopf. «Hätte nicht gedacht, daß sie so lange bleibt. Ah, da hab ich den Korken, ich wußte, daß ich noch einen hab.» Hüby hielt den Korken triumphierend hoch, drückte ihn auf das Fläschchen, beschriftete das Etikett und legte das Fläschchen vorsichtig in die Tasche.

«Dann wollen wir mal zur nächsten. Wieviel sind es denn?»

«Drei», antwortete Zeiser.

Keuchend richtete sich Hüby auf, hörte Zeiser gar nicht mehr zu, der weiter auf ihn einredete, sagte, daß er nichts dafür könne und daß er soviel Unglück nicht verdient habe.

«Alle werden wieder denken, daß ich schuld habe», sagte Zeiser.

«Wart doch erst mal die Untersuchung ab», sagte Hüby. «Ich schick eine Probe nach Aachen zum Institut, dann sehen wir weiter.»

Zeiser tat ihm leid, die letzte Zeit zog dieser Mann das Unglück geradezu an.

Hüby nahm seinen Arztkoffer, ging den Hang hinab, wo die anderen Kühe lagen.

Pitter lief auf der Wiese herum, stammelte unverständliches Zeug, trat gegen eine tote Kuh, versuchte sie zum Aufstehen zu bewegen, begriff nicht, daß sie tot war, leckte mit der Zunge aus der Nase laufenden Rotz und Tränen ab, beugte sich über die Kuh, sagte immer wieder ihren Namen, den man wegen seiner Hasenscharte nur undeutlich verstehen konnte, blickte in die großen verdrehten Kuhaugen, bat sie flehentlich aufzustehen. Als sie sich nicht rührte, schimpfte er auf sie ein.

«Er hat Alma sehr gern gehabt, sie war seine liebste Kuh. Er ist oft nachts zu ihr gegangen und hat mit ihr geredet. Er begreift nicht, daß sie tot ist», sagte Zeiser.

Als Pitter nicht aufhörte, mit Alma zu sprechen, schickte er ihn fort. Pitter lief mit ausgebreiteten Armen die Wiese hinab, es schien, als wolle er fliegen, auf den Wind aufspringen, sich wie die Krähen hochtragen lassen. Zeiser warf einen Knüppel nach ihm, als er wieder herankam. Hüby untersuchte auch die anderen Kühe. Zeiser band ein Drahtseil um den Kopf der toten Alma und schleifte sie mit dem Traktor von der Wiese zum Feldweg, der zu seinem Hof führte.

Hüby stieg den Hang zum Bruckshaus hinauf. Er fragte sich, ob Braden seine Steine inzwischen auch dort lagerte. Er hatte schon oft mit ihm gefachsimpelt. Eigentlich war Braden zu klug für das, was er tat.

«Hast das Haus ja richtig auf Vordermann gebracht, schön hier», rief er ihm von weitem entgegen. Er war gespannt darauf, diese Milli zu sehen. Sie hatten ein kleines Beet vor dem Haus angelegt, das Haus gestrichen und die Fensterläden repariert. Als er näher kam, sah er, wie Braden mit der Stirn gegen die Wand schlug. Hüby lief zu ihm hin und hielt ihn an der Schulter fest.

«Was ist los mit dir? Hör auf damit, bist du verrückt geworden?»

«Sie ist fort», wiederholte Braden immer wieder.

«Hör auf damit, du bekommst noch eine Gehirnerschütterung.»

«Milli ist nicht da.»

Hüby hatte noch nie einen verzweifelteren Ausdruck im Gesicht eines Menschen gesehen.

«Sie wird nicht weit fort sein, vielleicht ist sie spazieren.»

«Sie war sonst immer da, wenn ich nach Hause gekommen bin.»

Hätte mich auch gewundert, wenn das gutgegangen wäre, dachte Hüby.

«Sie wird spazierengegangen sein», wiederholte er, um Braden zu beruhigen.

Braden hörte nicht, er stolperte über die Wiese, rief nach Milli, auch Pitter lief, mit den Armen flatternd, über die Wiese, stellte sich auf einen Felsbrocken und schrie immer wieder Millis Namen. Vielleicht ist der doch nicht so harmlos, dachte Hüby, wer weiß, was im Kopf dieses Kerls los ist, er wäre besser in einem Heim aufgehoben. Braden blieb plötzlich auf der Wiese stehen, sackte mit den Knien auf den Boden, beugte sich nach vorn, um zu weinen. Man müßte ihm eine Beruhigungsspritze geben, dachte Hüby.

25

Schon als Höger Braden am Straßenrand stehen sah, wußte er, daß Milli ihn verlassen hatte.

Braden saß nun im LKW, zitterte am ganzen Körper und redete mit sich selbst.

«Ich wußte immer, daß sie irgendwann abhauen wird, sei froh, daß sie fort ist», sagte Höger, doch Braden hörte ihm nicht zu. Er wollte unbedingt in Kall aussteigen.

«Bleib sitzen, die findest du doch nicht mehr. Irgendwann kommt die schon wieder zurück. Ich fahr noch zwei Touren, und wenn ich Feierabend habe, trinken wir einen.»

Braden öffnete irgendwann während der Fahrt die Tür und wollte hinausspringen.

«Bist du verrückt, willst du dich umbringen!»

«Dann laß mich aussteigen.»

Braden lief den ganzen Tag durch Kall, am späten Nachmittag sah Höger ihn auf einer Bank am Bahnsteig sitzen. Er hupte, als er vorbeifuhr, aber Braden beachtete ihn nicht.

Scory stand am Gesteinsbrecher und erkundigte sich nach Braden, der eigentlich Spätschicht hatte.

«Milli ist ihm abgehauen, ich glaub, der ist hinter ihr her nach Köln gefahren.»

«Der Kerl kann einem leid tun», sagte Scory, «ich hatte mit Mathesius schon wegen der Laborstelle gesprochen. Es sah gut aus. Aber wenn er sich so anstellt.»

Höger fuhr die ganze Nacht hindurch. Irgendwann stand Braden an der Straße. Er wollte zum Bruckshaus fahren, völlig durcheinander lehnte er mit der Stirn am Fenster und wiederholte ein ums andere Mal, daß Milli zurückgekommen sei.

«Sieh zu, daß du morgen arbeiten gehst, sonst kannst du

die Stelle im Labor vergessen«, rief Höger hinter ihm her, als Braden über den Feldweg am Wald entlanglief und im Dunkel verschwand. Es war Licht im Bruckshaus, Braden kletterte über den Zaun, rannte über die Wiese, stolperte, wollte ihren Namen rufen, konnte aber nicht, er hatte keine Stimme mehr, seine Beine waren wie taub, er knickte während des Laufens ein. Als er endlich das Haus erreicht hatte, stürzte er die Treppe hinauf, flüsterte ihren Namen, glaubte sie am Fenster im Sessel zu sehen, aber es war Johanna, die dort auf ihn wartete. Sie lachte ihm entgegen: «Hast du wirklich geglaubt, daß Milli zurückgekommen ist? Ich hab gehört, daß sie fort ist, wollte immer schon mal sehen, wie du hier lebst.» Langsam fuhr sie mit den Fingern durch sein Haar.

«Du hättest mich ruhig küssen können.»

Sie strich über seine schwitzende Stirn, berührte seine Lippen. Dann nahm sie Bradens Hand und legte sie auf ihre Brust.

«Als ich mit Littwin hier war, hab ich gewußt, daß du oben auf dem Speicher bist. Ich hab gespürt, daß du uns zusiehst.»

«Ich hab nichts gesehen», sagte Braden.

Er stieß Johanna weg, rannte nach draußen über die Wiese in den Wald, stolperte durch die Dunkelheit, fiel in Gräben, wo es nach modriger Erde und Laub roch. Morsche Äste knackten, Zweige hielten ihn fest. Er fiel einen Abhang hinab und rannte weiter, bis er auf den Wiesen kurz vor dem Dorf angekommen war, er lief zur Wirtschaft, wo die Musikkapelle im Saal probte.

Dahmen zapfte Braden ein Bier und musterte ihn mit einer Mischung aus Schadenfreude und Mitleid. Er sah nicht so aus, als würde er noch viel ertragen können. Braden war bald so betrunken, daß er nichts mehr mitbekam. Manchmal hob er den Kopf von der Theke, sabberte etwas, das niemand verstand und legte den Kopf wieder auf die Theke. Ein paar von den Kerlen aus der Musikkapelle machten sich über ihn lustig, sie sagten, sie hätten gerne auf seiner Hochzeit gespielt. Als er wach wurde, war niemand mehr in der Wirtschaft. Dahmen half ihm vom Hocker, begleitete ihn bis vor die Tür und schloß hinter ihm ab. Braden schwankte über den Dorfplatz, setzte sich auf die Stufen des Kriegerdenkmals; später torkelte er weiter durch Keldenich, schrie nach Milli, trommelte mit den Fäusten gegen Krämers Haustür. Irgendwann hörte er die Stimme von Millis Mutter hinter der Tür, sie weinte und bat Braden zu gehen, bevor Krämer herunterkomme.

26

Die Scheunenbretter, lange nicht mehr gestrichen, waren morsch und von winzigen, grün und bläulich schimmernden Flechten bewachsen. In der Scheune lag trockenes Heu, das sich in Staub auflöste und herumschwebte. Soto war am Nachmittag gekommen und hatte Kleider von einer Bahnhofsversteigerung mitgebracht. An einer Wand lehnten vollgestopfte blaue Plastiksäcke. Mechthild wühlte darin herum, zog ein Kleid über, tanzte darin auf dem Scheunenboden. Sie liebte den modrigen Geruch der Kleider, die in der Scheune schwebenden Heupartikel, Soto schimpfte zwar immer mit ihr, daß sie die Kleider durcheinanderwarf, aber es kaufte sie sowieso niemand.

Durch die Ritzen zwischen den Brettern konnte sie sehen, wie Braden die Dorfstraße auf seinem Moped nach Kall hinunterfuhr. Sie sagte leise seinen Namen und dachte, daß er wieder unterwegs sei, um nach seiner Milli zu suchen, die ihm doch immer wieder fortlief. Vielleicht fuhr er wieder zum Bruckshaus, wo er sich die letzte Zeit nur noch aufhielt. Sie trank etwas aus der Flasche, die sie in der Scheune unter dem Heuwagen versteckt hatte, dann zog sie sich aus, stand einen Moment nackt mitten in der Scheune, mit ihrem zierlichen, weißhäutigen Körper. Sie wühlte in den Kleidersäcken nach einem Mieder und einem weinroten Kleid, als erstes fand sie eine Baskenmütze, setzte sie sich auf. In einer Ecke stand eine Kommode, in deren Spiegel sie sich betrachtete, als sie sich anzog. Eine rostige Egge und Pferdegeschirr hingen an der Scheunenwand. Früher, als ihr Vater noch lebte, hatten sie ein Pferdegespann gehabt. Sie war mit ihrem Vater an Sonntagen ausgefahren. Als Bärbchen nach ihr rief, versteckte sie sich unter dem Heuwagen, nahm noch einen Schluck aus der Flasche. Wenn sie ganz still war, hörte sie seltsame Geräusche, so als wenn alle Stimmen aus dem Dorf durcheinanderflüsterten. Sie lauschte diesen Geräuschen nach, bis sie eingeschlafen war und das Pferdegespann losfuhr. Die braunen Rücken der Pferde glänzten vom Schweiß. Sie waren unruhig, weil sie das erste Mal nach dem Winter vor die Kutsche gespannt waren. Auf den Feldwegen standen Pfützen, in denen die Sonne glitzerte, das Wasser spritzte zur Seite, als sie hindurchfuhren. Es war, als würden sie auf einer Meereswoge reiten. Sie hatte lange schwarze Haare, lang wie der Schweif der Pferde. Niemand, der es nicht wußte, bemerkte die Verwachsung auf ihrer Schulter. Manchmal berührten Schneeflocken ihre Wangen, die die Sonne – noch während sie fielen – zu Tropfen werden ließ. Glitzernd hingen sie im Geäst der Schlehdornhecken. Wenn der Vater unter einem überhängenden Zweig hindurchfuhr, regneten sie herab.

Mechthild wurde wach, als Braden in die Scheune kam und in den Steinen herumsuchte. Sie kroch bis an den Rand des Bodens und blickte zu ihm hinunter, sah ihm eine Weile zu, wie er sich mit seinen Steinen beschäftigte. «Komm doch zu mir hoch, Braden», rief sie. Er drehte sich erschreckt um. Sie hatte sich aufgerichtet und zupfte Heu aus ihrem Haar. Braden lachte und sagte, daß er noch zu Delamot müsse. «Du kannst ja danach kommen, ich warte hier auf dich.» Braden sagte, daß er danach zur Arbeit müsse. «Ich warte trotzdem auf dich.» Braden betrachtete den Stein in seiner Hand und steckte ihn in die Tasche, bevor er ging. Einen Moment stand der Heuwagen in einer Lache Sonnenlicht, die verschwand, als Braden das Tor hinter sich zugezogen hatte. Dann war es ganz still, nur das Fiepen der Spitzmäuse war zu hören, bis

Braden das Moped antrat und vom Hof hinunterfuhr. Sie lag auf dem Rücken und blickte unter das Dach. Durch eine Ritze konnte sie ein winziges Stück vom Himmel sehen. Langsam füllten sich ihre Augen mit Tränen.

Braden stellte sein Moped an die Wand neben den Eingang von Delamots Laden.

«Du warst lange nicht hier», begrüßte ihn Delamot und bat ihn, sich auf den Frisierstuhl zu setzen.

«Von dir hört man ja Sachen. Bist du mit dem Moped hier, fahren keine Steinlaster? Schon von Zeisers Sohn gehört? Die Polizei soll ihn eingesperrt haben. Ob die wirklich glauben, daß er was damit zu tun hat? Mättes hat es mir eben erzählt. Der Pitter versteht die doch gar nicht. Die können den fragen, was sie wollen, der sagt ja oder nein, wie es gerade kommt. Jedenfalls glaube ich nicht, daß der einer Fliege was zuleide tun kann».

Eine Frau kam aus dem Damensalon, blieb in der Tür stehen und betrachtete entsetzt ihr Haar in einem kleinen Reklamespiegel.

«Entschuldige mich eben», sagte Delamot und lief zu der Frau.

«Sehen Sie sich meine Frisur an, so kann ich mich doch nicht vor die Tür wagen, so was ist mir noch nirgendwo passiert.»

Delamot hatte Mühe, sie zu beruhigen, tänzelte um sie herum und fingerte an ihren Haaren.

«Erst verschandeln sie mir mein Haar, und wenn man sich beschwert, werden Ihre Angestellten auch noch frech. So kann ich mich doch nirgendwo sehen lassen.»

Nachdem die Frau den Laden verlassen hatte, stürzte Delamot hinüber in den Damensalon.

«Rauswerfen müßte man euch, rauswerfen», schrie er. «Ich hätte euch alle schon längst rauswerfen müssen, aber ich bin ja zu gutmütig.»

Eins der Mädchen fing an zu weinen und lief nach draußen. Delamot knallte wütend die Tür hinter ihr zu, kehrte in den Herrensalon zurück, ereiferte sich noch immer und machte lange Schritte auf den Frisierstuhl zu, stolperte dabei über den Krückstock von Mättes, stürzte und schlug mit dem Kopf gegen das Waschbecken. Er hielt sich die Stirn und jammerte, dann nahm er den Stock und zerbrach ihn über dem Knie. Mättes, der wach geworden war, sah verwirrt zu, wie Delamot seinen Stock durch das Fenster auf den Bürgersteig warf.

«Wie oft soll ich ihm noch sagen, daß er den Stock anständig hinstellen soll. Wofür haben wir denn den Ständer?»

Delamot ging zum Spiegel, betrachtete seine Beule, fuhr mit dem Finger darüber und verzog das Gesicht vor Schmerz.

«Das Genick hätte ich mir brechen können. Ja, mach nur, daß du rauskommst. Spielt auch noch den Beleidigten. Soll ich mich am Ende dafür entschuldigen, daß er mich beinahe umgebracht hat? Ich habe es ihm schon so oft gesagt.»

Delamot schnitt eine Grimasse, lief humpelnd zur Tür und rief hinter Mättes her.

«Es tut mir leid, Herrgott. Ich hab dir doch so oft gesagt, daß du deine Krücke richtig hinstellen sollst.»

Er sammelte die Stücke des Stocks auf, kam wieder herein, legte sie auf den Stuhl, auf dem Mättes gesessen hatte.

«Ich hab mich jetzt auch noch bei ihm entschuldigt, aber er hört nicht, läuft einfach weiter, ohne sich umzudrehen. Ich verdiene keinen Pfennig an dem Kerl. Kommt nur her und verscheucht mir die Kunden mit seinem Zigarrenqualm und Geschnarch. Wird immer verkalkter und erzählt nur noch dieselben Geschichten. Wenn du wüßtest, was der manchmal für Sachen erzählt.»

Er pumpte den Stuhl von Braden weiter hoch, begann mit dem Auskämmen der Haare. Seine Hände zitterten noch. Alle paar Minuten ging er ganz nah an den Spiegel, um seine Beule zu betrachten.

«Manchmal steht er sogar montags vor der Tür, wenn ich geschlossen hab. Wirft die Tage durcheinander. Tu mir einen Gefallen, sag ihm, daß es mir leid tut. Ich ersetze ihm den Stock. Das nächste Mal, wenn er kommt, steht ein neuer Stock hier, sag ihm das.»

Er hüllte Braden in eine Duftwolke ein, nahm ihm den Papierkragen und den Kittel ab und fegte die Haare zusammen.

27

Nach der Schicht kletterte Braden zu Höger in den LKW. Der Platz vor den Drehmühlen war matschig, man sah die Reifenspuren der Lastwagen, die dort gewendet hatten. Der Langsam richtete sich der Kipper auf, bis das Gestein hinabrutschte. Vom Lastwagen aus konnte man in den unteren Teil des Zementwerks sehen, auf Gebäude, die mit verhärtetem Zementstaub bedeckt waren, vor den Bahngleisen die Packerei, das Ersatzteilemagazin, auf dem gegenüberliegenden Flußufer das Verwaltungsgebäude.

«Ich hab gehört, daß Prill die Stelle im Labor bekommen hat», sagte Höger. «Das ist deine eigene Schuld, Braden. Scory hatte dich vorgeschlagen, aber so, wie du dich benommen hast ...»

«Ist mir doch egal, ich will das sowieso nicht mehr machen. Ich will meine Ruhe haben.»

«Hast recht, dafür ist die Arbeit an den Drehmühlen der richtige Ort», sagte Höger wütend.

Seit drei Wochen war Milli verschwunden. Braden wurde immer seltsamer, er verkroch sich mehr und mehr in sich selbst, redete kaum noch ein Wort, seine Augenbrauen und Lippen waren weiß gepudert vom Zementstaub, und wenn er den Mund öffnete, bildeten sich kleine Speichelbläschen.

«Aber deinen Verbesserungsvorschlag realisieren sie. Hast du wenigstens was dafür bekommen?»

«Sie machen es nicht, wie ich es vorgeschlagen habe.»

«Sie bauen doch einen Motor an der Stelle ein. Ohne dich wären sie nie auf die Idee gekommen.»

Auf einem Ablüftungsrohr, das über die Straße zum Elektrofilter führte, lag ein Arbeiter, er schlug mit einem Fäustel gegen das Rohr, um den festgebackenen Staub zu lockern.

Er trug einen Parka und unter dem grauen Helm eine Wollmütze. Aus der Luke des Elektrofilters kroch Strohwang mit einem Staubschwamm vor dem Gesicht. In den Elektrofiltern war es warm, der Staub blieb an den elektrostatisch geladenen Stacheldrähten hängen. Wenn sie durchgerostet waren, fielen sie in die Staubkammern und verursachten Kurzschlüsse. Einmal im Jahr mußten die Drähte ausgewechselt werden. Strohwang zog den Stacheldraht hinter sich her, löste das Eisengewicht ab, warf den Draht über das Geländer, der Draht wand sich im Fallen wie eine Schlange.

Braden war müde, er rutschte in die Ecke zwischen Sitz und Beifahrertür, war schon eingeschlafen, als sie an den Zementsilos und dem Wärmetauscher vorbeifuhren. Hinter dem Elektrofilter war ein steiler Felsgrat, auf dem verkrüppelte Kiefern wuchsen. Sie fuhren zum Steinbruch, wo sie warteten, bis der Bagger betankt war und Dreßen das Gestein aufgeladen hatte. Dreßen erzählte, daß Pitter alles gestanden habe und nun für immer in einer Anstalt bleibe. Sie fuhren aus dem Steinbruch hinaus. Höger glaubte einen Uhu zu sehen, der von einem knorrigen Apfelbaum aufflog, durch die Dunkelheit strich und für Augenblicke von den Scheinwerfern erfaßt wurde. Die Runden vom Steinbruch zum Zementwerk und wieder zurück zum Steinbruch erschienen ihm schrecklich lang, er hätte gern mit Braden gesprochen, aber der schlief oder blickte wortlos aus dem Fenster. In Kall weckte Höger ihn und fragte, ob er mit in den Imbiß komme. Braden schüttelte nur den Kopf und schloß wieder die Augen.

«Dann eben nicht», sagte Höger kurz, kletterte aus dem LKW, lief zum Imbiß, der sich neben dem Friseurladen von Delamot befand. Er bestellte sich Gyros mit Fritten und

Krautsalat, trank ein Bier, vertrieb sich die Zeit am Spielautomaten, die LKW-Scheinwerfer strichen über die Kreuzung, spiegelten sich im Fenster und dem Glas des Automaten. Er hatte eine Glückssträhne.

Sülger betrat im Laufe des Abends den Imbiß, stellte sich zu Höger an den Tisch, zog seine nasse Baseballkappe vom Kopf, schlug sie am Bein aus, fischte sich eine Fritte von Högers Teller und steckte sie in den Mund.

«Schmeckt», sagte er. «Ich glaub, ich bestell mir auch was.»

«Bring mir noch ein Bier mit», rief Höger hinter ihm her.

Der Apparat hustete Geldstücke.

«Wie lange hängst du denn schon hier herum?»

Jetzt erst stellte Höger fest, daß schon Stunden vergangen waren.

«Hast du gehört, Milli soll wieder hiersein», sagte Sülger.

«Ist mir egal, ich hab jetzt meine Glückssträhne. Ich mach das Ding hier leer.»

Höger sah und hörte nichts mehr um sich herum. Sülger hatte längst gegessen und war gegangen, als Höger mit den Hosentaschen voller Geldstücke die Imbißstube verließ. Braden saß nicht mehr im LKW. Er lief irgendwo in Kall herum und suchte Milli. Später in der Nacht stand er an der Straße und wollte wieder mitgenommen werden. Höger war wütend auf ihn, er wußte nicht, warum er den Kerl immer wieder mitnahm, aber er hielt trotzdem an.

«Bist du ihr wieder nachgelaufen? Für mich bist du jetzt endgültig verrückt. Es gibt sie doch gar nicht mehr. Vielleicht hat es sie früher einmal gegeben, als du noch ein Junge warst, aber jetzt gibt es sie nicht mehr!» Braden kam Höger vor wie ein kleines Kind, das nichts begreifen will. Er lehnte mit dem Kopf an der Seitenscheibe, seine Kleidung war tropfnaß. Regen glitzerte im Scheinwerferlicht, Licht, das in den Wald fiel und über die Auwiesen strich. Sie fuhren zum Steinbruch und von dort wieder zu den Drehmühlen. Braden dachte die ganze Zeit nur an Milli. Er glaubte, sie im Regen auf dem Feld zu sehen. Aber wenn sie näher kamen, verschwand ihre Gestalt wieder im Dunkel. Braden schien verrückt zu werden. Er wollte unbedingt wieder ins Bruckshaus, vielleicht war sie dorthin zurückgekehrt. Schließlich stoppte Höger am Feldweg, ließ Braden aussteigen und rief hinter ihm her, daß er warten würde. Höger blieb im Wagen sitzen. Sülger fuhr vorbei, er hupte und blendete auf, und später Walber, die Zeit verstrich, die Kollegen fuhren wieder vorbei. Braden kam nicht zurück. Höger befürchtete plötzlich, daß Braden sich etwas angetan habe. Er stieg aus dem LKW, lief über den Feldweg, kletterte über Zäune und stolperte in der Dunkelheit über die Wiese, die naß war wie ein vollgesogener Schwamm. Als er zum Haus kam, tastete er sich die Treppe hinauf, fand Braden am Fenster in einem Sessel sitzen.

«Was ist los mit dir, du siehst doch, daß sie nicht da ist. Kannst morgen wieder herkommen.»

Er zerrte Braden aus dem Haus, stieß ihn vor sich her über die Wiese. Braden ließ sich alles gefallen, er torkelte vor Höger her, während dieser schimpfte, daß ihm drei Touren ausgefallen seien.

«Alles wegen dem Weib, das keinen Pfifferling wert ist.»

Er schimpfte noch, als sie im Wagen saßen und zum Steinbruch fuhren.

«Du mußt mir mal sagen, was Besonderes an der ist. Ich möchte es wirklich gern wissen, erzähl's mir. Du weißt, daß ich dein Freund bin.»

Braden weinte.

«Sie hat gesagt, daß sie immer bei mir bleiben will. Das hat sie gesagt, Höger, sie wollte nie mehr fort, sie liebt mich doch. Wir hatten es so schön. Sie wollte für immer bei mir bleiben.»

Höger hörte Braden genervt zu, hätte ihm am liebsten gesagt, daß er die Schnauze halten solle. Höger hatte gewußt, daß Milli irgendwann wieder abhauen würde. Er war froh, als Braden nur noch schluchzte und unverständliches Zeug mit sich selbst sprach, das vom Motorenlärm geschluckt wurde.

Es hört überhaupt nicht mehr auf zu regnen, dachte er.

Es war hell geworden. An den Feldrändern und im Steinbruch hatten sich Pfützen mit matschigem Wasser gebildet. Sie fuhren in den Bruch hinunter. Auf einem Felsgrat saß ein Uhu, er schüttelte die Nässe aus den Flügeln, spreizte sie, stieß sich ab, segelte langsam und erhaben über den Bruch hinweg ins Tal. Als sie unten im Steinbruch angekommen waren, stieg Braden aus dem LKW und lief zum Bruckshaus zurück.

28

Auf dem Dorfplatz standen belgische Militärfahrzeuge, die Soldaten hielten sich bei Dahmen in der Wirtschaft auf. Pitter, den man wieder freigelassen hatte, weil man ihm nichts nachweisen konnte, kletterte auf einem Panzerspähwagen herum. Als er Braden auf seinem Moped sah, rief er ihm etwas zu und lief ein Stück hinter ihm her. Braden hielt an, um Pitter in seinem Anhänger mitzunehmen. Sowie er saß, nahm Pitter seine Mundharmonika und fing an zu spielen. Braden dachte an die erste Nacht, als er mit Milli geschlafen hatte und Pitter draußen vor dem Haus über die Wiese gelaufen war.

Bärbchen erwartete Braden, aber sie wollte Pitter nicht im Haus haben, niemand im Dorf traute ihm mehr.

Sie gab Braden einen Sack. «Es sind mindestens fünf Katzen, oben auf dem Heuboden, Mechthild würde sie am liebsten alle am Leben lassen.»

Braden kletterte auf den Boden, und Bärbchen rief ihm nach, er solle die Schnapsflaschen gleich mit in den Sack stecken. Es fanden sich vier Katzen, die alle eine andere Zeichnung hatten. Sie krochen blind herum. Braden steckte sie in den Sack. Bärbchen fragte, ob er auch alle gefunden habe. Braden sagte ihr nicht, daß er eine Katze auf dem Boden gelassen hatte. Ihr Fell war bunt wie eine Landkarte.

«Vom Herbstwurf gehen die meisten ohnehin ein», sagte Bärbchen. Sie gab ihm einen zusammengerollten Zehnmarkschein. Immer, wenn sie Bradens Hand berührte, sah sie ihm in die Augen, aber Braden senkte den Blick. Er legte den Sack neben Pitter auf den Anhänger. Sie fuhren zur Urft, wo Braden den Sack in den Fluß warf. Sie sahen ihm nach, wie er die Urft hinuntertrieb. Plötzlich fing Pitter an zu schreien, lief hopsend am Flußufer entlang, dem Sack hinterher. Die Luft, die noch im Sack war, blähte ihn auf, er schwamm langsam kreisend mit der Strömung davon. Forellen schossen wie kleine blitzende Pfeile dahin. Das Wasser floß in die Flaschen, die Flaschen sanken und zogen den Sack unter Wasser.

Pitter stieg ins Wasser und fing Forellen mit der bloßen Hand, er streichelte sie mit der Hand am Bauch, packte blitzschnell zu und schleuderte sie ans Ufer. Er hatte fünf Forellen gefangen, als sie ins Dorf zurückfuhren. Er wollte sie verschenken, lief von Haus zu Haus, aber alle schickten ihn fort. Braden nahm ihn mit zum Bruckshaus, von dort lief er durch den Regen zum Hof. Es regnete unablässig, und dieser Regen schlug die letzten Blätter von den Bäumen.

Braden blieb über Nacht im Bruckshaus, wo er mitten in der Nacht von Pitter geweckt wurde, der mit den Fäusten gegen die Tür trommelte und etwas Unverständliches schrie. Braden ging zum Fenster. Pitter stand unten auf der Wiese, mit nassen, angeklatschten Haaren, er trug eine Jacke, die ihm viel zu groß war.

«Was ist, Pitter, was ist denn los?»

«Milli», rief Pitter, er schrie es mehrmals, bis Braden den Namen verstehen konnte. Der Hund kläffte und sprang an Pitter hoch.

«Was ist mit ihr? Warte, ich komme, Pitter.»

«Milli, Milli, Milli», rief Pitter, hob die Hände und tanzte herum, lief schon zum Hof zurück, während Braden sich anzog, nach draußen rannte und Pitter folgte. Der Hund kam zurück, kläffte, sprang mit dreckigen Pfoten an Braden hoch, dann hetzte er wieder hinter Pitter her, der über die Brücke lief, die zu den Feldern auf der anderen Straßenseite führte.

Braden dachte, Milli sei bei Zeiser auf dem Hof, ihr sei

etwas passiert. Atemlos blieb er stehen, keuchte, rannte dann weiter über die Brücke, über den Feldweg, der in Zeisers Hof einmündete. Überall auf dem Weg waren Pfützen mit lehmfarbenem Wasser.

Pitter hatte den Hof bereits erreicht. Zeiser ließ den Hof immer mehr verkommen. Die Feuerversicherung hatte noch nicht gezahlt, immer wieder kamen Sachverständige, die den Brandherd untersuchten, weil sie vermuteten, jemand habe die Scheune in Brand gesteckt. Zeiser mußte ständig neue Anträge ausfüllen und Fragen beantworten. Die Scheune war noch nicht wieder aufgebaut, die Raiffeisenbank gab ihm keine Kredite mehr. Die verkohlten, schwarzschuppigen Balken lagen auf einem alten Hänger und glänzten in der Nässe, im Hof türmten sich Heuballen, die mit Wasser vollgesogen waren und bald faulen würden. Im Winter würde Zeiser das Heu zum Zufüttern fehlen. Vom Wohngebäude war der Putz abgefallen. Neben der Eingangstür stand ein altes Sofa mit herausstehenden Sprungfedern; davor im Matsch lagen Hühnerfedern, verfaulte Rüben, eine umgekippte, verbeulte Milchkanne. Auf der Wäscheleine hingen ein nasser Teppich und Unterkleider von Johanna.

«Wo ist sie?» schrie Braden, als er auf den Hof kam.

Der Hund, der von Zeiser immer nur Arschloch genannt wurde, kläffte ihn an, als wäre er ein Eindringling. Johanna kam aus dem Haus, sie trug eine schmutzige rote Gummischürze über einem Rock, hatte eine Tasse Kaffee in der Hand und sah Braden verwundert an, dann griff sie nach dem Wassereimer neben der Tür und lief zum Stall hinüber.

«Was willst du denn hier?»

«Milli», keuchte Braden, außer Atem, «was ist mit ihr?» Pitter hat mich gerufen.»

Johanna blieb stehen, sie blickte ihn verwundert an, begann plötzlich laut zu lachen, schüttelte sich so sehr vor Lachen, daß das Wasser im Eimer überschwappte.

«Was hast du?» fragte Braden.

«Die kalbt», sagte sie immer noch lachend. «Das wirst du doch nicht etwa gewesen sein, Braden. Da bin ich aber gespannt, was dabei rauskommt.»

Sie lief weiter zum Stall, Pitter schaukelte auf einem Autoreifen, der am Ast einer großen Esche befestigt war, er schaukelte so ungestüm, daß er sich weit in die Luft erhob, bei jedem Schwung stieß er schrille Habichtschreie aus.

Die Flanken der Kühe im Stall waren schuppig vom angetrockneten Mist. Johanna amüsierte sich immer noch, erzählte Zeiser, daß Pitter Braden gerufen habe. «Er dachte, seine Milli sei hier.»

«Bring den Eimer her!» befahl ihr Zeiser.

Er krempelte das Hemd hoch, hockte sich hin und wusch Hände und Arme bis unter die Achseln. Die Kuh brüllte, auch die anderen Kühe brüllten, ihre Ketten rasselten. Eine Kuh hob ihren Schwanz und pisste in die Rinne. An der Stalldecke neben dem Fenster klebten verlassene Schwalbennester. Eine Tür führte zu einem gekachelten Raum, in dem die Melkgeräte standen und Teile einer halbfertigen elektronischen Melkanlage. Zeiser stand auf, ging zu der Kuh, sprach mit ihr, tätschelte ihr den Hals. Im Ohr der Kuh war ein gelbes Schild mit einer Nummer und einem elektronischen Sensor.

«Das Kalb liegt falsch herum. Sie bringt es nicht alleine heraus», sagte Zeiser. «Wenn du schon hier bist, kannst du auch helfen.»

Er stieß der Kuh mit dem Knie in die Flanke, weil sie sich nicht richtig in die Box stellen wollte.

«Komm her, halt sie am Kopf fest.»

Die Hörner der Kuh waren abgeschnitten. Ihre bernsteinfarbenen Augen blickten traurig. Braden konnte sein Gesicht darin wie in einem konvexen Spiegel sehen. Ihre Ohren zuckten, Schleim kam aus ihren Nasenlöchern. Sie muhte tief und wehmütig, als Zeiser mit der Hand in ihre Gebärmutter fuhr und nach dem Kalb tastete. Zeisers Arm steckte bis zur Achsel in der Kuh. Er fluchte, versuchte, ein Ohr des Kalbes zu packen, um es daran herumzuziehen, bis Kopf und Vorderläufe am Geburtskanal lagen, doch immer wieder glitt er ab. Es schien, als wollte Zeiser in die Kuh hineinkriechen, seine Halsadern waren von der Anstrengung geschwollen, seine Wange lag auf der Hinterbacke der Kuh, er fluchte, bekam endlich das Ohr zu packen, zog das Kalb mit dem Kopf nach vorn, so daß die Kuh es herausdrücken konnte.

«Wenn es ein Bulle ist, nennen wir ihn Anton», sagte Johanna lachend.

«Ich brauch Stroh», sagte Zeiser keuchend.

Johanna lief zu den Strohballen, breitete das Stroh aus. Die Kuh muhte tief, reckte den Kopf nach vorn. Braden hatte Mühe, sie festzuhalten. Zeiser schrie, daß er ein Seil und einen Knüppel brauche, worauf seine Frau zum Stallfenster lief, sich auf die Zehenspitzen stellte, mit den Händen über den Sims tastete, auf dem Stroh, rostige Nägel, Schwalbendreck und der Strick mit dem Knüppel lagen. Die Kuh schnaubte, ihr Atem war wie ein warmer schleimiger Grasball. Zeiser band dem Kalb den Strick um die Vorderläufe, steckte den Knüppel durch die Schlaufe, zog, bis der

Kopf zwischen den Läufen zum Vorschein kam. Johanna scharrte das Stroh hinter der Kuh zusammen. Das Kalb glitt heraus, fiel auf das Strohpolster, versuchte, kurz nachdem es auf dem Boden lag, aufzustehen; torkelig, auf dürren, staksigen Beinen stand es schließlich neben der Mutterkuh, die es abzulecken begann. Johanna rieb das Kalb mit Stroh ab. Die Kuh drückte die Nachgeburt heraus. Der Hund schnüffelte daran, begann zu fressen.

«Hau ab, du Arschloch», sagte Zeiser.

Er nahm eine Schaufel und warf die Nachgeburt auf den Mist. Der Wagen von Hüby fuhr auf den Hof.

«Sag ihm, daß wir ihn jetzt nicht mehr brauchen», sagte Zeiser zu Johanna. «Was war mit Milli?» fragte er Braden.

«Ich dachte, Milli sei hier», sagte Braden.

Selbst Zeiser mußte jetzt schmunzeln, aber es war keine Schadenfreude in seinem Gesicht.

«Wie kommst du darauf, die war schon seit Monaten nicht mehr hier.»

«Ich dachte, sie sei hier», wiederholte Braden traurig.

Zeiser hockte sich an den Eimer und wusch sich die Hände.

«Sie war lange nicht mehr hier, das letzte Mal hab ich sie im Sommer gesehen.» Er blickte zur Stalltür hinaus, zu Johanna, die draußen bei Hüby am Rover stand.

«Ich muß gehen», sagte Braden, er verließ den Stall, der Hund lief ein Stück kläffend hinter ihm her. Hüby wendete seinen Wagen, fuhr vom Hof, hupte, als er an Braden vorbeifuhr. Pitter schaukelte noch immer, seine Schuhe sausten dicht an der Dachrinne vorbei, er schaukelte so hoch, daß er sich fast überschlug.

29

Da die Besuchszeit längst vorüber war, wollte die Krankenschwester Milli nicht ins Zimmer lassen, außerdem dürften nur Verwandte zu ihm, sagte sie. Sie glaubte ihr nicht, als Milli vorgab, Georgs Schwester zu sein, aber sie machte eine Ausnahme. Milli mußte einen grünen Kittel und Plastikschuhe anziehen, bevor sie den kleinen Raum betreten durfte. Milli fürchtete, jemand aus dem Dorf zu treffen, denn Georg bekam jeden Tag Besuch. Die meisten beschimpfte er, selbst seine Frau schrie er an, soweit er Kraft hatte, und bedachte sie mit unflätigen Ausdrücken, was er früher nie getan hatte.

Als Milli zu ihm ins Zimmer kam, war er still, blickte starr zur Decke, als gäbe es in dem weißen Anstrich etwas Besonderes zu sehen. Ein Bein hatte er angezogen, man konnte die Schläuche sehen, die von seinem Penis zu dem am Bett hängenden Plastikbeutel liefen, wie kleine Schlangen, die aus seinem Körper herauskrochen. Seine Füße waren dürr, die Zehenballen extrem groß und blau geschwollen. Milli mußte an die Geschichte denken, wo der Tod am Bettende steht. Irgend jemand hatte ihr mal erzählt, daß man an den Füßen sehen konnte, ob jemand sterben würde. Georg erkannte sie nicht, dachte, sie sei eine Fremde, auch sie hätte ihn wohl nicht erkannt, so sehr hatte ihn die Krankheit verändert.

«Musik», sagte Georg plötzlich. Seine Finger berührten ihren Arm, als sie sich über ihn beugte, um das Radio anzustellen. Mit seinen dürren Fingern krallte er sich in ihr Handgelenk, während sie nach einem Sender suchte und die Übertragung einer Messe in der Krankenhauskapelle einstellte. Als Georg die Orgel hörte, ließ er Milli los, seine Hände bewegten sich schwebend nach der Musik, als würden sie nicht mehr zum übrigen Körper gehören, aus dem glucksende Geräusche kamen. Er erkannte sie, wiederholte mehrmals ihren Namen. Im Abendhimmel flatterten Tauben, sie kreisten über den angrenzenden Häusern, über der kleinen Parkanlage, den Anbauten des Krankenhauses, auf dessen Flachdächern Kieselsteine lagen; von den Parkbäumen lösten sich die letzten Blätter, ein stürmischer Wind hob sie über die Baumspitzen hinaus, sie waren trocken, leicht wie Federn.

Milli nahm Georgs Hand, und er begann, von seinen Uhus zu reden, von der bevorstehenden Treibjagd, aber im nächsten Moment schien er zu glauben, sie sei Braden. Dann war er wieder lange Zeit still und atmete heftig. In einem der gegenüberliegenden Krankenzimmer sah sie, wie ein Mann den Raum betrat, sich über ein Bett beugte und einer Frau einen Kuß gab. Immer noch kreisten die Tauben am Himmel, manchmal stellten sich ihre Flügel so gegen die untergehende Sonne, daß sie wie Spiegel reflektierten. Weit entfernt sah man die großen Abraumhalden der Bleibergwerke, die Stollen, die unter der Erde waren, wo nun das Militär ein Munitionslager eingerichtet hatte. Sogar Züge fuhren dort unter die Erde. Sie schloß die Augen, wollte wenigstens eine Stunde bleiben und dann nach Köln zurückfahren. Sie dachte daran, wie sie mit Braden und Georg früher einmal oben auf einem Heuwagen gefahren war, sie waren alle so froh und zuversichtlich gewesen.

Plötzlich schien Georg geistig ganz klar und fragte, wieso sie von Braden fortgegangen war. «Und warum gehst du nicht zu ihm zurück?»

«Ich weiß nicht, ich mußte fortgehen, ich kann nicht bei ihm bleiben, ich kann bei niemandem bleiben. Ich kann nirgendwo mehr bleiben.»

Georg nickte, so als würde es ihm ebenso ergehen. Dann redete er wieder von der Treibjagd, wie sie über die Felder liefen, mit Holzknüppeln auf Büchsen schlugen, um das Wild aufzuscheuchen. Er atmete heftig, schien Schmerzen zu bekommen, wurde unruhig, warf den Kopf hin und her, riß die Infusionsnadeln heraus. Sie ging nach draußen, holte einen Pfleger, der ihm eine Morphiumspritze gab. Am liebsten hätte sie ihm auch den Arm hingehalten, sie konnte nicht mehr lange warten; wühlte, nachdem der Pfleger das Zimmer verlassen hatte, in der Schublade nach Tabletten, fand etwas Geld und Georgs Uhr. Sie zeigte ihm, daß sie seine Sachen an sich nahm, er nickte. Er hatte jetzt keine Schmerzen mehr, lag auf der Seite, blickte sie an, bewegte die Lippen, ohne daß sie etwas hören konnte, dann griffen seine Hände nach den ihren. Er schien vor etwas Angst zu haben, schrie, daß es fortgehen solle. Er sah Dinge, die es nicht gab.

«Ich muß gehen», sagte sie, lief aus dem Zimmer, den Flur entlang bis zum Fahrstuhl, fuhr nach unten zum Erdgeschoß und wieder hinauf. Sie hatte Angst, das Krankenhaus nicht mehr verlassen zu können, war völlig durcheinander. Schließlich rannte sie zum Bahnhof und setzte sich auf die Bank in der Wartehalle, gegenüber dem gläsernen Wandmosaik mit Dörfern, Flüssen und Straßen, durch die die Sonne von den Bahngleisen herüber ins Innere der Wartehalle fiel. Containerzüge, die Müll aus der Stadt transportierten, ratterten vorbei. Auf der anderen Seite der Gleise befanden sich Lagerhallen und Getreidesilos. Traktoren mit Getreide auf den Anhängern warteten darauf, abladen zu können. Sie glaubte Zeiser und Pitter zu sehen, aber sie wußte nicht mehr zwischen Realität und Phantasie zu unterscheiden. Im Zug bemerkte sie erst, daß sie noch die Plastiküberzüge an den Füßen hatte. Der Zug fuhr am Krankenhaus vorbei, sie suchte nach dem Zimmerfenster von Georg, dachte daran, daß sie ihn wohl zum letzten Mal gesehen hatte. Vögel flogen erschreckt von Leitungsdrähten auf, Leute standen vor einer Bahnschranke. Sie schwankte durch den Zug, um sich vor dem Kontrolleur auf der Toilette zu verstecken.

30

Strohwang und Krämer lehnten rauchend an der Bretterwand, sie sprachen über die bevorstehende Beerdigung von Georg, der vor zwei Tagen gestorben war. Der Regen prasselte auf das Dach der Scheune, Felder und Wiesen verschwammen im Regen.

«Zuletzt ist es schnell gegangen.»

«Besser so als anders, es wäre doch nichts mehr geworden.»

«Es wurde nur noch schlimmer, als sie anfingen, an ihm herumzuschneiden», Walber schnippte seine noch glühende Zigarette in eine große Pfütze unter der Traufe.

«Georg hat immer bei den Treibjagden mitgemacht.»

«Kannte sich besser aus mit Wald und Tieren als sonst irgendwer.»

«Da hast du recht.» Sie nickten alle und schwiegen. Krämer starrte auf die in eine Pfütze plitschenden Tropfen, er vermied es, Braden anzusehen, für ihn war er an allem schuld. Wenn es Braden nicht gäbe, wäre seine Tochter längst nicht mehr ins Dorf gekommen, sie würde irgendwo in der Stadt leben, vegetieren würde sie, es war nicht mehr als das Leben eines Tiers. Er konnte nur weiterleben, indem er vergaß, daß er diese Tochter hatte.

Strohwang rief zu den Jägern hinüber, was mit dem Jagdpächter sei.

«Molitor kommt immer zu spät, das wißt ihr doch.»

«Der braucht seinen Auftritt», sagte einer der Jäger verhalten.

Die meisten von ihnen waren untergeordnete Gemeindebeamte und kleine Angestellte, die auf Einladungen zur Jagd angewiesen waren.

«Hab gehört, er soll an Zeisers Hof interessiert sein.»

«Stimmt es, daß die Polizei Pitter wieder zum Verhör abgeholt hat?»

«Es wäre besser, wenn Zeiser alles verkaufen und sich eine Arbeit suchen würde.»

«Er wollte doch zur Jagd kommen, deswegen wollte er sein Gewehr von mir zurückhaben, mußte mir extra ein neues kaufen.» Er zeigte das Gewehr den anderen Jägern, die es begutachteten und von Hand zu Hand weitergaben.

«Vielleicht bringt Molitor Zeiser mit zur Jagd.»

«Ich glaube nicht, daß Molitor noch an dem Hof interessiert ist.»

«Zeiser hat schon lange nicht mehr bei einer Jagd mitgemacht.»

Ein Geländewagen bog von der Landstraße auf den Feldweg, der auf die Scheune zuführte. Jedesmal, wenn der Wagen durch die tiefen Pfützen fuhr, spritzte Wasser hoch.

«Das ist nicht Molitors Wagen.»

«Wahrscheinlich hat er schon wieder einen neuen.»

Die Jäger verfolgten den Wagen mit ihren Blicken, sahen, wie er hinter einem Hügel oder Feldgehölz verschwand und nach einiger Zeit wieder auftauchte.

«Es wird Molitor sein, wer kommt um die Zeit sonst schon hierher?»

«Ich bin gespannt, ob Zeiser bei ihm ist.»

Tauben flogen erschreckt aus dem Wald auf. Thies verfolgte mit seinem Gewehr ihre Flugbahn, bis sie sich im Grau des Himmels verloren. Der Geländewagen fuhr vom Feldweg ab auf eine Wiese hinter der Scheune. Es war ein neuer Mercedes-Geländewagen.

Bevor Molitor ausstieg, beugte er sich zum Handschuhfach, um Zigarren herauszuholen, dann stieg die massige Gestalt schwerfällig aus dem Wagen und holte den Hund und das Gewehr aus dem Laderaum. An seiner Knollennase bildeten sich Tropfen. Die Jäger liefen von der Feldscheune aus zu ihm, standen im Regen, begrüßten ihn und begutachteten den Wagen.

«War dein Aschenbecher wieder voll?» fragte Lenzen.

Molitor lachte überheblich, zündete sich eine Zigarre an.

«Könnte mir auch gefallen, würde auch gern einen neuen haben, aber die Lieferzeiten sind mir zu lang.»

«Kommt darauf an, wo man kauft», sagte Molitor, zog an seiner Zigarre, sah in den Himmel, graue Wolken, aus denen kritzelnder Regen fiel.

«Sauwetter!»

«Die Hasen kriegen bei diesem Wetter keine Jungen.»

«Wenn doch, werden sie in den nassen Löchern krank.»

«Füchse fressen sie.»

«Es sind schon die ersten Fälle von Tollwut bekanntgeworden, ein Fuchs hat einen Frings-Hund gebissen, mußte ihn erschießen.»

Molitor ging zur Scheune, begrüßte dort die Treiber und hielt eine kurze Ansprache, in der er seiner Freude über das Erscheinen trotz des regnerischen Wetters Ausdruck verlieh und Jagdglück wünschte.

Braden blies ins Jagdhorn. Wiesen und Felder erstreckten sich bis zum Horizont, der Regen wurde wie feine Tuchbahnen über die Felder geweht. Die Treiber liefen in einer Reihe, trommelten mit Stöcken auf Blechbüchsen und schrien dabei. Aus der Ferne wirkten sie wie schwerfällige Marionetten. Matsch blieb an ihren Stiefeln hängen, bildete dicke Klumpen, die das Schuhwerk schwer machten. Braden blieb stehen. Die Jäger verschwammen im Nebel, der aus dem Tal aufstieg, dann erschienen sie auf einer Anhöhe. Braden lief wieder weiter, auch er schrie und schlug mit seinem Stock auf die Dose, von der sich das Etikett löste.

Hasen sprangen aus ihren Sassen und flohen hakenschlagend. Für Sekundenbruchteile, während ihr Körper sich im Sprung streckte, schienen sie unsichtbar zu sein, dann tauchten sie wieder auf, nur, um getroffen zu werden. Braden hatte den Eindruck, daß sie vorher schon tot waren, es schien, als hätten sie nicht begriffen, daß sie getroffen und ihr Leben zu Ende war, noch ehe die Hunde heranstürmten, um sie herumsprangen und hysterisch kläfften, sie packten und schüttelten, bis die Jäger sie mit einem Tritt verscheuchten.

Braden lief einen Hügel hinauf, kletterte über einen rostigen Stacheldrahtzaun, stellte sich mit einem Schuh auf den untersten Draht, der quietschte, als er hinübersprang. Über ihm hing das Geäst alter Apfelbäume mit glitzernden Regentropfen an den Zweigspitzen, die vom Krachen der Schüsse zitterten. Die Schlinge aus Treibern zog sich zu. Krämer lehnte an einem Baumstamm, seine Kleidung war nach einem Sturz voller Schlamm, er atmete hastig und hielt sich die Brust. Als er Braden sah, lief er stolpernd den Hang hinab; unten im Tal stöberten die Hunde jaulend in einem Feldgehölz, Rebhühner flogen auf. Das Echo der Schüsse kam von den Bergen zurück, vervielfachte sich. Fasane ruderten durch die Luft, Federn schwebten zu Boden, während die Vögel noch weiterflogen, sich dann plötzlich in der Luft überschlugen und wie Steine zur Erde fielen. Die Hunde sprangen hinzu. Hannes bückte sich und befestigte den Fasan an der Jagdtasche, rotes und oxidgrünes Gefieder fächerte sich auf, schillerte an Hannes' Beinen bei jedem Schritt. Die Treiber verschwanden in einem Wäldchen, von überall her hörte Braden ihre Stimmen. Es kam ihm vor, als würde er Georg hören. Sie schlugen mit ihren Knüppeln gegen Baumstämme. Von einer Rübenmiete, die mit einer weißen Plastikplane bedeckt war, flog ein Bussard auf. Er segelte dicht über das Feld, setzte sich auf einen Zaunpfahl, um gleich darauf wieder aufzusteigen.

Der Regen hatte aufgehört, schiefergrau war der Himmel. Braden sah einen Stein im Feld, hockte sich, wischte mit dem Handballen darüber, spuckte auf ihn, wischte wieder, bis er Spuren einer ausgestorbenen kleinen Echsenart erkennen konnte. Er vergaß alles um sich herum, überlegte, welche Spezies es sein konnte, nichts Vergleichbares hatte er bisher in seiner Sammlung. Um sie genauer bestimmen zu können, brauchte er eins seiner Bücher. Braden stellte sich vor, daß dieses Tier einmal genau hier gelebt hatte, wo er hockte. Gedanken darüber trieben ihn fort, und er bemerkte gar nicht, wie sich die Jagd von ihm entfernte. Er steckte den Stein in die Tasche, lief weiter, sah das Bruckshaus, dachte sehnsüchtig an Milli, während die Jäger ins Tal liefen, bald bei den Fischteichen anlangten, im Schlamm am Rande der Teiche standen, die gehobenen Gewehre sich in den langen Schäften des Schilfrohrs verloren, Wind das Wasser kräuselte und die Wellen am Ufer aufschwappten.

31

«Wißt ihr nicht, daß alle, die auf Christus getauft werden, auch auf seinen Tod getauft werden», predigte Pastor Herhausen… «Das Leben ist viel zu schnell vergangen». Herhausen ereiferte sich, sein rundes Gesicht mit den blassen Lippen war krebsrot. «Als ich zu dem Sterbenden kam, hatte er bereits seinen Frieden mit Gott gemacht», rief er. Er hustete, hielt sich die Hand vor den Mund, dann stützte er sich auf der Balustrade der Kanzel ab, drückte sich hoch, so daß er größer und größer wurde und über seiner Gemeinde zu schweben schien.

Fast das ganze Dorf war zu Georgs Beerdigung gekommen. Herhausen brüllte nun mit heiserer Stimme, seine Augen waren weit aufgerissen. «Wenn man sich zurückerinnert, gibt es nichts, was Bedeutung hatte, außer dem Glauben und der Liebe. Diese Zeit auf Erden ist nur eine Zwischenstation. Aber viele …viele von euch jagen falschen Götzen nach». Er schwieg einen Moment und blickte, immer noch aufgestützt, schwebend in die Runde, zur Empore, wo die Frauen des Kirchenchors standen, hinunter zum Taufbecken, zu den Männern, in ihre gelangweilten Gesichter, aus denen er las, daß sie nur auf das Ende der Messe warteten, um endlich in die Kneipe gehen zu können. Er blickte auf die Statue der heiligen Brigida, irgendwie liebte er ihr schimmerndes, pausbackiges Gesicht mit den schmalen Lippen und den züchtig niedergeschlagenen Augen und das Licht, das durch das Fenster fiel und ihre Wangen glänzen ließ. Aber die Kirchenfenster waren wieder nicht sauber. Das einfallende Sonnenlicht zerbrach in ihnen, fiel wie Splitter auf ihre Wangen. Wie oft hatte er den Frauen gesagt, daß sie die Fenster anständig putzen sollten. «Es ist eine Schande vor Gott, diese Unreinheit, erkennt endlich das Wahre … Amen», schrie er außer sich, schlug das Kreuz und schrumpfte augenblicklich auf seine kleine rundliche Gestalt zusammen, verschwand für einen Moment hinter der Balustrade und kletterte dann die Treppen zum Altar hinab. Die Altarschellen klingelten leise. Alle knieten nieder und beteten.

Braden dachte daran, wie lange es schon her war, seit er mit Georg zur Erstkommunion gegangen war. Damals hatte er an Gott geglaubt, jetzt glaubte er an nichts mehr. Er sah zu Helga hinüber, die schluchzend in der Bank kniete. Der Kirchenchor sang. Braden, Thies, Walber und Hannes traten aus der Bank, knieten nieder, machten das Kreuzzeichen und schritten zum Sarg, der in der Mitte des Kirchganges stand. Sie trugen schwarze Anzüge mit einer lilafarbenen Schärpe über der Brust. Rechts und links vom Sarg brannten große Kerzen. Braden nahm am Ende des Sargs Aufstellung. Walber gegenüber von ihm, Thies und Hannes, die beide etwas größer waren, gingen zum Kopfende. Sie bekreuzigten sich mit den weißen Handschuhen, einen Moment war es ganz still, nur die kleinen Glöckchen am Geläut, das einer der Meßdiener trug, waren zu hören.

Der Pastor schritt die Altarstufen hinab, blieb vor dem Kopfende des Sargs stehen, nahm das Aspergill aus der Hand eines Meßdieners entgegen, segnete den Sarg: *In nomine Patris, et Filii, et Spiritus Sancti.* Der Meßdiener schwenkte das Weihrauchgefäß – als Kind war Braden vom Weihrauch immer schwindlig und übel geworden –, sie hoben den Sarg gleichzeitig an, hievten ihn auf die Schultern. Die Trauernden erhoben sich und beteten: *Gegrüßet seist du, Maria, voll der Gnade; der Herr ist mit dir; du bist gebenedeit unter den Frauen, und gebenedeit ist die Frucht deines Leibes, Jesus…* Sie blieben in den Bänken stehen, während die nächsten Angehörigen die Kirche verließen, vorn trug der Meßdiener ein Kreuz, dann folgte der Pastor, begleitet von zwei weiteren Meßdienern, dann Walber, Braden, Thies und Hannes mit dem Sarg. Hinter dem Sarg schritten Georgs Frau und die Angehörigen. Schieppelies, eine alte Frau aus dem Dorf, stand am Weihwasserbecken neben dem Portal, steckte ihre Hand mit den fingerlosen Wollhandschuhen ins Weihwasserbecken, bekreuzigte sich, als der Sarg an ihr vorbei durch das Portal getragen wurde. Ihre Handschuhe trieften vor Nässe. Schieppelies war bei jeder Beerdigung dabei, sie trug immer mehrere Kleider übereinander. Die vorbeigehenden Leute rümpften die Nasen, sie roch nicht gut. Die Kerzen am Altar wurden von einem Meßdiener gelöscht, der Rauch kringelte sich hinauf ins Kirchenschiff, ein zarter Schleier, den die dünnen Sonnenstrahlen in der Luft schweben ließen.

Die Glocken begannen zu läuten, als der Trauerzug durch das Portal schritt. Die Musikkapelle spielte auf dem Vorplatz *Oh, Haupt voll Blut und Wunden, voll Schmerz und voller Hohn*, und der Kirchenchor sang. Braden hörte die Stimme seiner Schwester, sah auf dem Asphalt nur Schuhe, die Schritte von Thies, Walber und Hannes, mußte darauf achten, daß er nicht aus dem Tritt kam. Sie gingen am Kriegerdenkmal vorbei: *Adalbert Engeling, Peter Meyer, Johann Engel, Hermann Kaster, Johann Mendel, Friedrich Braden, Theo Huppertz, Hans Meurer, Peter Knips… gefallen und vermißt.* Der Sarg wurde immer schwerer. Tack… tack machte der Krückstock von Mättes bei jedem Schritt.

Mättes hustete und schlurfte weiter. *Vater unser, der Du bist im Himmel. Geheiligt werde Dein Name. Dein Reich komme. Dein Wille geschehe…* Der Sarg schaukelte über ihnen.

Braden glaubte zu hören, wie Georgs Kopf gegen den Sarg stieß. Vielleicht lebt Georg noch, dachte er. Mit jedem Schritt wurde der Sarg schwerer. Georg war auch kein Leichtgewicht gewesen, obwohl er in den letzten Wochen stark abgenommen hatte. Alles vermodert irgendwann. Das Sargholz verrottet, und das Gewürm und die Feldmäuse und Ratten krabbeln auf einem herum, und die Käfer bohren sich in die Eingeweide. In Amerika lassen sich Leute einfrieren, um in einem späteren Jahrhundert wieder aufgetaut zu werden. Dann, wenn alles besser ist und man jede Krankheit heilen kann. Die Pharaonen ließen sich einbalsamieren und nahmen Kunstwerke und Verpflegung mit, sogar ihre Diener. Sie dachten, der Tod sei nicht mehr als eine Reise. Vielleicht haben sie ja recht damit gehabt. Tack, tack, tack machte der Krückstock von Mättes bei jedem Schritt. Schieppelies lief tänzelnd neben dem Sarg her, drehte sich im Kreis, spannte ihren Schirm auf, balancierte über den Bordstein. Der Trauerzug verließ Keldenich, bog auf den Friedhofsweg ein. Im Laub der Friedhofshecke raschelten Amseln. Auf dem Erdhügel vor dem Grab lagen Kränze und Gebinde, am Boden der Grube hatte man eine Kiesschicht aufgeschüttet.

Als der Trauerzug sich dem Friedhof näherte, versteckte Milli sich hinter den Gräbern. Der Wind trieb den Geruch von der Kläranlage über den Friedhof. Auf der Wiese hinter der Friedhofshecke grasten Kühe.

Sobald alle vor dem Grab versammelt waren, ließen sie den Sarg an Stricken langsam in die Grube hinunter. Braden erschrak so sehr, als er Milli sah, daß ihm der Strick aus der Hand glitt und der Sarg auf den Boden krachte, die Leute stockten im Gebet, sahen, wie er zu Milli lief, sie umarmte und festhielt, aber sie wollte nicht, stieß ihn weg, rannte vom Friedhof, verschwand hinter der Hecke, wo Braden sie schließlich einholte. Er wollte sie nicht mehr fortgehen lassen, hielt sie fest, zog sie hinter sich her, während die Trauergemeinde wieder betete, Herhausen, auf dem Erdhügel stehend, predigte, er brüllte gegen Wind und Regen an, hatte Spucke am Kinn hängen … *und ich sehe einen neuen Himmel und eine neue Erde, und der erste Himmel und die erste Erde sind vergangen* … Regen fiel auf den Sarg, kleine, ockerfarbene Rinnsale flossen vom Erdhügel über die grüne Kunststoffgrasmatte ins Grab hinunter … *und ich sehe die heilige Stadt und das heilige Jerusalem herabsteigen aus dem Himmel, von Gott* …

Als der Pfarrer geendet hatte, segnete er den Sarg, nahm eine kleine Schaufel, holte eine Spitze voll Erde von der Schubkarre und warf sie ins Grab. Die Erde war naß, platschte auf den Sargdeckel. Dann traten die Trauernden nach und nach vor das Grab und warfen ebenso eine Schaufel Erde auf den Sarg. Immer mehr Wasser sickerte ins Grab, bald stand der Sarg in einer Pfütze. Die Musikkapelle spielte, während die Leute eilig den Friedhof verließen und sich nach Braden und Milli umsahen.

32

Es langweilte Höger, allein im LKW zu fahren, er vermißte Braden. Nur hin und wieder fuhr Mättes mit oder einer der Steinbrucharbeiter. Alle redeten davon, was bei der Beerdigung geschehen war. Jedesmal, wenn Höger am Waldweg vorbeifuhr, dachte er an Braden. Seit der Beerdigung hatte er ihn nicht mehr gesehen, wußte nur, daß er wieder mit Milli im Bruckshaus lebte. Am Nachmittag steuerte er seinen LKW in den Steinbruch, wo Walber eine schwere Eisenkugel auf die Schaufel des Hubladers nahm. Die Kugel war so schwer, daß die Hinterräder des Hubladers über dem Boden schwebten. Als die Schaufel auf dem höchsten Punkt war, kippte er sie, die Kugel krachte auf den Gesteinsbrocken, der in mehrere Stücke zerbrach. Braden hatte immer, wenn Gesteinsbrocken zertrümmert wurden, dabeigestanden, um in ihrem Inneren nach Versteinerungen zu suchen. Nachdem der LKW beladen war, fuhr Höger wieder zum Zementwerk. Am Gesteinsbrecher sprang Scory zu ihm aufs Trittbrett, steckte den Kopf durch das Seitenfenster und fragte, ob er wisse, was mit Braden sei. «Der ist schon seit über einer Woche nicht zur Arbeit gekommen.»

«Ich weiß nichts, frag doch Krämer.»

«Du kennst den doch, der redet nicht mal mit sich selber.» Scory klammerte sich an der Tür fest, während sie aus dem Werk hinausfuhren.

«Ich kann Braden nicht länger decken, wenn du ihn siehst, sag ihm, daß er sich wenigstens offiziell Urlaub nehmen soll.»

Hinter dem Werk standen alte Baubuden, große Felsbrocken sicherten den Bruchhang ab, im staubigen Gras endeten rostige Schmalspurgleise, leere Zementsäcke lagen herum, deren Zipfel im Wind flatterten.

Scory sprang vom Trittbrett herunter, ging am Straßenrand entlang zum Zementwerk zurück.

Höger fuhr die ganze Nacht hindurch bis zum Sonntag. Es war, als führe er in Trance. Manchmal fielen ihm die Augen während der Fahrt zu. Am Morgen steuerte er an den Straßenrand, hielt an, legte den Kopf auf das Lenkrad und schlief, bis er von den Kirchenglocken geweckt wurde. Als er durch Kall fuhr, sah er Milli am Bahnsteig stehen, er stoppte, kurbelte das Seitenfenster herunter, rief zu ihr hinüber, was mit Braden sei. Sie antwortete nicht, sondern stieg in den Zug nach Köln. Höger fürchtete plötzlich, daß etwas mit Braden geschehen sei, er raste durch das Dalbendener Tal, überholte Sülger, stoppte am Feldweg, kletterte aus dem Wagen und lief am Prozessionskreuz vorbei zum Bruckshaus hinauf. Unten im Tal sah er Sülgers LKW den Berg hinauffahren. Zeisers Traktor stand auf der Wiese. Der vor dem Haus herumlaufende Pitter versteckte sich, als er Höger herankommen sah. Die Tür zur Hütte war aufgebrochen. Höger ging den dunklen Treppenaufgang hinauf. Die Fensterläden waren zu, so daß er kaum etwas sehen konnte. Es roch nach Dreck und Fäkalien, Höger hörte Zeiser aus einem Zimmer kommen. Pitter lief immer noch über die Wiese und rief Millis Namen. Als Högers Augen sich an die Dunkelheit gewöhnt hatten, sah er Braden mit dem Rücken an der Wand auf dem Boden sitzen.

«Was ist mit ihm?» fragte Höger.

«Als ich zum Bruckshaus kam, dachte er, daß ich ihm Milli wegholen wollte. Die war aber längst fort», flüsterte Zeiser. «Braden hat sich angestellt wie ein Irrer. Ich wußte nicht, was ich machen sollte. Hab Schorn angerufen. Als Schorn kam und ihn beruhigen wollte, hat er gekratzt und gebissen. Schorn ist allein nicht mit ihm fertig geworden. Jetzt hat er sich endlich beruhigt. Er denkt immer noch, daß Milli bei ihm ist. Schorn sagte, daß ich bei ihm bleiben soll, bis er mit seinen Kollegen kommt.»

Braden achtete gar nicht auf sie, er sprach mit sich selbst. Höger hatte Braden noch nie so sprechen gehört, er schien endgültig verrückt geworden zu sein.

«Wir müssen seiner Schwester Bescheid sagen», sagte Höger, ging zum Fenster, klappte einen Riegel zur Seite und öffnete den Laden ein Stück. Um Braden herum lagen Steine. Er berührte sie mit einem Grashalm und sprach leise mit ihnen.

«Pitter hat ihnen jeden Tag Milch hochgebracht, ich hab gedacht, daß er es schafft und sie bei ihm bleibt.»

Pitter blies draußen auf seiner Mundharmonika und rief nach Milli. Er verstummte, als Schorn sich mit einigen Kollegen näherte.

Schorn hatte die Hand verbunden und Kratzer im Gesicht. Er war wütend auf Braden, sagte, daß der in eine Anstalt gehöre. Sie hielten Braden fest, drehten ihn auf den Bauch, legten ihm Handschellen an. Er sollte in die psychiatrische Klinik nach Düren gebracht werden.

33

Schneeflocken wirbelten zwischen den Gesteinsmühlen und Zementsilos, sie wirbelten in Kreisen herum, wehten auf die Förderbänder, die die qualmende Schlacke vom unteren Teil des Zementwerkes hinüber zum Drehofen transportierten, und auf das flache Laborgebäude vor der Wendeplattform. Die Flocken schwebten auf den Matsch vor dem Schüttloch, wo sie im Dreck verschwanden.

Braden stand vor dem Holzverschlag, der sich hinter dem Schüttloch zwischen den beiden Gesteinsmühlen befand. Er war drei Monate in Düren gewesen, als er zurückkam, arbeitete er wieder bei den Drehmühlen. Man fand sonst niemanden, der diese Arbeit machen wollte. Er hatte die Frühschicht hinter sich. Jetzt stand er reglos mit herabhängenden Armen vor dem Verschlag, er war dürr geworden, das staubige Arbeitszeug schlotterte um seinen Körper, sein Haar war so kurz geschnitten, daß die Kopfhaut durchschimmerte, seine abstehenden knochigen Ohren leuchteten rot. Als Höger ihn sah, stieß er die Beifahrertür auf und schrie zu ihm rüber, er solle einsteigen. Braden kam langsam zu ihm, es schien, als würde er schlafwandeln. Es ärgerte Höger, daß Braden einfach einstieg, kein Wort sagte und so tat, als wäre er gar nicht fort gewesen.

Sie wendeten und fuhren auf die Straße, die aus dem Werk hinausführte. Scory lief zur Straße, wegen des Schneegestöbers hatte er den Kopf nach vorne gebeugt und den Schirm seines Helms in die Stirn gezogen. Höger befürchtete, daß Scory ihn anhalten würde. Sie hatten Braden verboten, mit den Steinlastern zu fahren, doch Scory kümmerte sich nicht um ihn, sondern ging hinüber zum Drehofen. Der Schnee verwandelte sich über der rostigen Trommel in Regen.

«Ich gehe im Frühjahr auf Auslandstour. Du kannst mitkommen, wenn du willst», sagte Höger, als sie aus dem Steinbruch hinausgefahren waren und sich Keldenich näherten. Braden wischte mit der Hand über die beschlagene Seitenscheibe und sah nach draußen. Schmelzwasser spritzte von den Reifen zur Seite. Auf dem Höhenrücken waren die Wiesen schon weiß, aber es sah so aus, als würde der Schnee nicht lange liegenbleiben. Die Flocken trieben schräg über die Felder, klebten an der Strohgestalt fest, die seit letztem Sommer dort stand. Sie sah traurig aus, ein Riese, in einen weißen Umhang gehüllt.

«Sonst hat Zeiser ihn immer kurz nach der Kirmes abgebaut, aber der kümmert sich um gar nichts mehr. Johanna ist ihm mal wieder weggelaufen. Neulich ist er abends zu Dahmen in die Wirtschaft gekommen und hat mit Littwin Streit angefangen. Littwin hat jetzt eine Wohnung in Kall.»

Als sie am Abend am Bruckshaus vorbeikamen, sagte Braden, er wolle aussteigen.

«Besser, du gehst nicht hin», sagte Höger, «außerdem mußt du zur Schicht.»

Doch Braden ließ sich nicht davon abbringen, zum Bruckshaus zu gehen.

«Wenn ich das nächste Mal hier vorbeikomme, warte ich auf dich.»

Braden kletterte aus dem Wagen und lief durch den Schnee. Als er zur Wiese kam, fuhr Zeiser gerade mit dem Traktor den Weg zum Bruckshaus hinauf. Pitter lief neben dem Traktor her. Zeiser hielt an, tuckernd lief der Motor weiter, während er hinunterkletterte, um die Kühe zusammenzutreiben. Er schlug mit einem Stock auf ihre dreckverkrusteten Flanken, trieb sie zum Melkwagen, wo er sie anschirrte. Die Kühe reckten ihre Hälse und muhten laut, aus ihren Mäulern kam warmer, nach Gras riechender Atem. Eine Kuh bockte, als Pitter sie zum Melkwagen zog. Zeiser befestigte die Saugnäpfe an den Eutern. Er sprach mit den Kühen. Mitunter blickte er zur Hütte hin, wo Braden inzwischen am Fenster saß. Pitter lief zur Hütte, kam die Treppe hoch und blieb bei Braden stehen, er wischte sich mit dem Ärmel die Rotze aus dem Gesicht. Braden verstand nicht, was er sagte, es waren hastig hervorgestoßene, röchelnde Laute. Pitter nahm ein Buch vom Tisch, rannte damit nach draußen, riß Seiten aus dem Buch, zerknüllte sie und warf sie fort. Zeiser nahm ihm das Buch ab und brachte es zurück. Er entschuldigte sich und sagte: «Jetzt hat's wieder angefangen zu schneien, dachte, der Winter sei vorbei, muß die Kühe wieder zum Hof treiben.»

«Ist Milli dagewesen?»

«Ich hab sie seit dem Herbst nicht mehr gesehen.»

Die Kühe schrien, weil sie gemolken werden wollten, er ging wieder zum Melkwagen.

Braden lief kurz darauf zur Straße, wo Höger bereits auf ihn wartete. Sie fuhren zum Steinbruch, von dort zum Zementwerk. Als Braden am Gesteinsbrecher aus dem LKW stieg, kam Krämer drohend auf ihn zu.

«Hat man dich wieder rausgelassen? Du bist an allem schuld, was mit ihr passiert ist.» Er fuchtelte mit den Händen, die in großen, schmutzigen Arbeitshandschuhen steckten, drohend in der Luft herum. Dann verschwand er im Mühlengebäude. Die Mühle drehte rasend schnell, der Krach vibrierte in Bradens Kopf, daß ihm schwindlig wurde und er sich an die Wand neben dem Eingang lehnen mußte. Krämer war irgendwo hinter der rotierenden Trommel verschwunden. Braden spürte, wie der Krach etwas in seinem Kopf veränderte, er torkelte weiter ins Mühlengebäude hinein. Krämer hockte zusammengesunken an einem Sockel, so nah an der Trommel, daß die vorstehenden Plattenschrauben der Trommel dicht an seinem Kopf vorbeisausten. Er weinte, und die Tränen hinterließen Spuren in seinem staubigen, hohlwangigen Gesicht. Braden riß an Krämers Arbeitszeug, schüttelte ihn und schrie, er wußte nicht, was, er schrie einfach nur, als müßte er den Lärm der Gesteinsmühlen übertönen. Krämer gab keine Antwort, preßte die Lippen fest aufeinander. Sein Helm wurde von den Schrauben der Trommel erfaßt und fortgeschleudert. Immer näher stieß Braden ihn an die rotierende Trommel, Krämer hatte die Augen geschlossen, schien willenlos und mit allem einverstanden. Die Schrauben der Trommel sausten bereits millimeterdicht an seinem Hinterkopf vorbei, und Braden wollte ihn gegen die Trommel drücken, daß es ihm den Kopf abreißen würde. Im letzten Moment riß Höger Braden von Krämer fort, stieß ihn vor sich her aus der Mühle hinaus.

«Ich hätte ihn umgebracht», schrie Braden.

«Der Krach», schrie Höger, «der Krach macht euch alle verrückt.»

34

Dahmen stellte Braden ein Bier auf die Theke, nahm den Bleistift vom Ohr und machte einen Strich auf den Deckel. Im Saal probte die Musikkapelle.

Braden holte einen Stein aus der Tasche und betrachtete ihn, er dachte an das Heraufwandern der Steine aus der Tiefe der Erde, ihre Verwandlungen, an blinde Fische in ihren dunklen Höhlen, das nasse Licht auf den Steinen, Tiere, die später Flügel bekommen haben. Er fürchtete sich plötzlich davor, alle Dinge wie versteinert zu sehen.

«Sie bringen ohne dich keine vernünftige Musik zustande, warum spielst du nicht wieder mit?» fragte Dahmen.

«Mich hat noch keiner gefragt», erwiderte Braden trotzig und beschäftigte sich weiter mit seinem Stein, während Mättes, der neben ihm saß, über Zeiser schimpfte. Zeiser hatte Land von ihm gepachtet, das er verkommen ließ. Den meisten Siedlungsbauern ging es wirtschaftlich nicht gut. Viele von ihnen dachten daran, ihren Betrieb aufzugeben.

«Mach deine Steine nicht wieder in meinem Spülbecken sauber», sagte Dahmen und zapfte Braden noch ein Bier. Braden trank, wischte mit dem Handrücken den Schaum von den Lippen.

«Ich muß runter in den Keller, ein neues Faß anschlagen», sagte Dahmen, stieg die steile Treppe zum Keller hinunter, balancierte über ein Brett, das auf Pfützen lag, auf denen abgelöste Flaschenetiketts schwammen. Er rollte ein Bierfaß herüber und schraubte den Spund von dem leeren Faß ab, als er von oben in der Wirtschaft Getrampel und Schreien hörte. Er rannte hoch und sah, wie Braden Thies mit der Faust ins Gesicht schlug, so daß dieser rückwärts in den Spielautomaten fiel, Blut tropfte aus seiner Nase, die

Scherben schnitten in seinen Arm, als Braden noch einmal zuschlug. «Thies hat nur eine Bemerkung über Milli gemacht», sagte Walber.

Naß und klebrig war der Boden von umgekippten Getränken, Glassplitter knackten unter den Schuhen. Dann rappelte sich Thies, der viel größer und stärker war, auf und schlug zurück. Braden taumelte, hielt sich an einem Tisch fest, wobei er die Decke mitsamt den Gläsern herunterriß. Seine Hand war voll Blut, auch seine Lippe blutete, seine Augen waren geschwollen. Er stürzte zu Boden, rollte sich zusammen, während Thies auf ihn eintrat.

«Ich werde Schorn anrufen», schrie Dahmen, während Braden auf dem Boden liegend Thies' Beine umklammerte, bis dieser das Gleichgewicht verlor und mit dem Kopf auf eine Tischkante schlug. Als er wieder zu sich kam, hockte Braden auf ihm, schlug ihm mit den Fäusten ins Gesicht. Walber zog ihn von Thies weg. Noch nie hatte Braden sich gegen Thies gewehrt, hatte sich immer alles gefallen lassen. Jetzt schwankte er, hielt sich an der Lehne eines Stuhls fest, bis der umfiel und Braden auf die Knie sackte. Er richtete sich wieder auf und torkelte nach draußen, wo es frostig war und die Sterne am Himmel wie rostige Nägel aussahen. Braden wankte durch Keldenich zur Landstraße, Autos bremsten, weil er mitten auf der Fahrbahn stehenblieb, krakeelte und mit den Fäusten auf die Kühlerhaube schlug.

35

Als Braden am Morgen im Bruckshaus wach wurde, lag Reif auf der Wiese. Die gefrorenen Äste der Apfelbäume vor der Hütte berührten sich und schnarrten leise, vom Tal her hörte man Treiberrufe und Hundegebell. Ihm war kalt, er zog sich Millis Schlafsack höher. Vom Fenster aus konnte er sehen, wie Jäger den Hang hinaufkamen, mitunter verschwanden sie in einer Wiesenmulde, dann verschwammen sie im Nebel. Die Hunde kläfften hysterisch. Verschrumpelte, gefrorene Äpfel, die noch an den Ästen hingen, bewegten sich von den Schüssen, deren Echo zwischen den Tälern pendelte. Die durchsichtigen Flügel einer Schnake waren auf dem Boden festgetreten, er wußte nicht genau, ob das Insekt noch lebte oder ob es nur der Luftzug war, der es zittern ließ. Bradens Lippen und Augen waren geschwollen, er hustete Blut, schlief wieder ein, träumte, Milli sei zurückgekommen.

Als er wach wurde, schneite es. Er sah auf die Steine auf dem Boden, dachte plötzlich, daß etwas in ihrem Inneren sein müßte, nahm einen Stein, zerschlug ihn, fand nichts und zerschlug einen zweiten. Schließlich hatte er alle Steine zertrümmert und nichts gefunden. Er lief nervös in der Hütte herum, es war egal, was geschehen war und noch geschehen würde, alles, was jemals war, würde im Nichts verschwinden, er wußte nicht mehr, wonach er gesucht hatte, es gab nichts, was das Leben lohnte.

Ein Fuchs hockte am Waldrand, er war abgemagert, seine Augen waren kleine gelbe Schlitze, langsam näherte er sich dem Stacheldrahtzaun, blieb hocken, als Braden nach draußen kam. Es war, als würde die Stille mit jeder Flocke, die niederfiel, größer werden. Er stapfte durch den Schnee zur Straße, wo er auf Högers LKW wartete.

Höger erzählte von einem Fuchs, der in der Früh mitten auf der Straße gehockt habe, ganz abgemagert, als hätte er die Tollwut.

«Ich konnte nicht mehr bremsen, mußte ihn platt fahren, sonst wäre ich im Straßengraben gelandet.»

Als sie zu der Stelle kamen, flatterten Krähen von dem toten Fuchs auf. Braden stieg in Kall aus, lief zum Restaurant im Einkaufsmarkt, wo Johanna mit Littwin am Tisch saß. Er setzte sich an das Fenster, von dem aus er in die Einkaufshalle hinabsehen konnte.

«Was ist denn mit dir los, wer hat dich denn so zugerichtet?» fragte sie, lief zur Theke, um ein nasses Tuch zu holen, mit dem sie ihm das Blut von Stirn und Wange abwischte. Er sah zu den Frauen hin, die ihre Einkaufswagen zwischen den Regalen hindurchschoben, in den Kleiderabteilungen standen, vor den Wühltischen, wo es Unterwäsche im Sonderangebot gab. Johanna stellte Braden ein Bier hin. Er hielt plötzlich ihre Hand fest und sagte: «Kommst du zu mir?»

«Bist du verrückt, Braden, meinst du, ich mache es mit jedem.»

«Ich bin in der Hütte, du kannst kommen, wenn du willst.»

«Laß mich in Ruhe.»

«Ich sag Zeiser nichts, ich hab Zeiser noch nie etwas gesagt.»

«Ich weiß, Braden, ich weiß», sagte sie und ging zur Theke. Braden verließ das Restaurant, lief über den Parkplatz vorm Einkaufsmarkt, an der Urft vorbei, wo Kinder auf dem Hosenboden den Hang zum Wasser hinunterrutschten. Durch das Eis liefen große Risse bis zum anderen Ufer.

36

Nach der Arbeit am Brecher stieg Braden zu Höger in den Lastwagen. Sein Gesicht und die Kleidung waren noch voller Zementstaub, selbst in den Nasenhöhlen und unter den Lidern war Staub. Der Schnee an den Bruchhängen flimmerte, Steinbrucharbeiter gingen zur Schutzhütte. Höger erzählte, in der Nacht sei jemand in die Hütte eingebrochen.

«Sie haben Sprengstoff geklaut. Schorn hat gesagt, es könnten Terroristen gewesen sein.»

«Vielleicht sollte man alles kaputtsprengen, um dann wieder von vorne zu beginnen», sagte Braden.

Höger sah ihn verwundert an und schüttelte den Kopf. Auf der Bruchsohle kratzte der Bagger das gefrorene Gestein vom Hang ab. Schnee fiel immer dichter, nah am Hang stehende Bäume waren durch die Schneelast umgestürzt. Höger fuhr langsam durch eine Schneespur in den Bruch hinunter, setzte den LKW neben den Bagger. Höger stieg aus, stapfte durch den kniehohen Schnee zu Sülger und Pauli, die sich an einem Feuer in einer Eisentonne wärmten. Sie sahen zu Braden, der im Wagen sitzen geblieben war.

«Was ist mit dem?»

«Ist nicht mehr wie früher, sagt kaum noch was.»

«Hat doch nie viel gesprochen.»

«Vielleicht nicht mit dir», antwortete Höger.

«Ich hab gehört, daß er schon wieder im Bruckshaus sein soll.»

«Und, ist doch nicht verboten, solange Zeiser nichts dagegen hat.»

«Nicht daß er sich wieder einbildet, Milli sei bei ihm.»

«Besser, als wenn sie wirklich wiederauftauchen würde.»

«Weißt du was von der?»

«Ich weiß nichts«, sagte Höger. Er rieb seine Hände über dem Feuer. Pauli sah in den grauen Himmel, aus dem unablässig große Schneeflocken herabtaumelten.

«Wenn es noch lange so schneit, kommen wir nicht mehr aus dem Bruch heraus.»

Höger stieg wieder in den Wagen, sie kamen ins Rutschen, als sie beladen aus dem Steinbruch fuhren, er lehnte sich aus dem Seitenfenster, blickte auf die durchdrehenden Hinterräder, die schon nach verbranntem Gummi rochen. Als sie endlich Halt fanden, fuhren sie über die zugeschneite Landstraße zum Zementwerk. An den Dächern der Silos hingen große, tropfende Eiszapfen. Höger setzte den LKW zurück, fuhr den Kipper hoch, das Gestein rutschte in den Brecher. An den Kabeltrassen flackerten verstaubte Neonröhren, Schnee rutschte von den Dächern herab. Strohwang stand beim Mühlengebäude, einen verrotzten Staubschwamm unter dem Kinn, rötlicher Staub verwirbelte in den Mühleneingängen, in dem er wie ein Geist verschwand. Als sie abgekippt hatten, stand Strohwang plötzlich wieder vor ihnen, sprang auf das Trittbrett, klopfte gegen die Scheibe und schrie etwas; ihm fehlten ein paar Schneidezähne, seine Augen blickten wirr, aus seiner breiten, großporigen Nase wuchsen Haare, die von Staub und Rotze zusammengeklebt waren. Höger beachtete ihn nicht. Er fuhr einfach weiter, bis Strohwang endlich absprang und hinter dem LKW herlief.

«Er ist verrückt geworden», sagte Höger. «Er kommt fast gar nicht mehr aus seiner Bude über den Mühlen heraus. Alle, die an den Mühlen arbeiten, drehen irgendwann durch.»

Im Rückspiegel sahen sie ihn in der Mitte der Straße stehen, mit den Händen, die in großen Arbeitshandschuhen steckten, in der Luft herumfuchteln und drohen.

«Ich hab Hunger. Wenn wir aus dem Steinbruch rauskommen sollten, holen wir uns in Kall was zu essen.»

Aber Braden wollte nicht mitkommen, und so ging Höger allein zum Imbiß, wo er sich Fritten, Currywurst und etwas Krautsalat kaufte. Er aß während der Fahrt, wischte sich mit dem Arm über den Mund, kurbelte dann die Seitenscheibe hinunter und warf die Frittenschale nach draußen. Mit einem Plastikgäbelchen pulte er sich in den Zähnen. Dann redete er wieder von seinen Auslandstouren, von den Frauen, die er in all den Ländern gehabt hatte.

«Mir wird manchmal schon schwindlig vom dauernden Im-Kreis-Fahren. Ich träume nachts davon», sagte er. «Es ist immer der gleiche Traum, ich kreise allein in einer Kapsel um einen öden, unbewohnten Planeten. Und ich habe das Gefühl, als würde das niemals enden. Selbst wenn ich gestorben und zu Staub zerfallen bin, kreise ich noch um diesen Planeten.»

Höger sah zu Braden, er hatte erwartet, daß er etwas antworten würde, aber Braden schwieg nur noch, und jedesmal, wenn sie durch Kall fuhren, hielt er nach Milli Ausschau.

«Wenn du nichts änderst, wirst du genauso wie Strohwang enden, du mußt sie vergessen. Du mußt fort von hier.»

Höger redete und redete, aber Braden schien nicht zuzuhören.

«Du redest wohl nicht mehr mit mir», schrie er plötzlich, «wenn du noch nicht einmal antwortest, kannst du auch zu Fuß gehen. Deine Milli, die hat dich doch nur ausgenutzt. Mit jedem LKW-Fahrer hat sie es in der Koje getrieben, wenn sie Geld brauchte.»

Braden sah ihn aus großen Augen an, als würde er das alles nicht verstehen.

«Es tut mir leid, Braden, ich wollte das nicht sagen.»

«Laß mich raus», brüllte Braden. Als Höger weiterfuhr, machte er die Tür auf, um hinauszuspringen.

«Es tut mir leid, Braden, ich hab das einfach nur so gesagt.»

Braden riß sich los und sprang aus dem Wagen.

«Dann verschwinde, verschwinde endlich, aber laß dich bei mir nicht mehr blicken», schrie Höger hinter ihm her, knallte die Tür zu und fuhr los. Nach ein paar Metern stoppte er wieder, stieß die Beifahrertür auf und rief: «Komm, steig ein, Braden. Ich hab's nicht so gemeint.»

Aber Braden lief den Hang zum Fluß hinunter.

«Dann eben nicht», schrie Höger hinter ihm her und fuhr weiter.

37

Braden hüpfte mit dem Hintern auf dem Sattel seines Mopeds, um sich durch die Bewegungen aufzuwärmen, die Riemen der Fliegermütze tanzten um sein Kinn, mitunter biß er hinein, um nicht mit den Zähnen zu klappern. Mechthild kam aus der Haustür. Sie war blaß, hatte einen roten Schal mehrmals um den Hals gewickelt.

«Ich will meine Steine holen», sagte Braden.

Mechthild lief hinter ihm her, fragte, was das solle.

«Sie kommen alle in den Gesteinsbrecher», sagte Braden. Mechthild jammerte, die Steine seien viel zu wertvoll, um sie wegzuwerfen.

Braden wollte alle seine Steine vernichten. Vielleicht konnte er doch noch ein anderer Mensch werden, einen anderen Menschen lieben. Vielleicht würde er frei sein, wenn es die Steine nicht mehr gab.

«Warum machst du das, Braden?» fragte Mechthild.

«Ich muß sie loswerden, ich muß alles loswerden.»

«Auch mich, Braden?» Sie war betrunken, stellte sich aufreizend in Pose. «Komm, wir gehen nach oben.» Sie ließ ihn nicht in Ruhe, zog ihn zur Leiter, die auf den Heuboden hinaufführte, legte sich oben unter Decken und alte Kleider, Braden fühlte ihren zerbrechlichen Körper, auch ihren Buckel tastete er, spürte aber keine Abscheu davor. Durch eine Ritze im Dach fielen manchmal Schneeflocken. Braden kletterte wieder nach unten, den ganzen Tag war er damit beschäftigt, die Steine zum Gesteinsbrecher zu fahren. Alle Steine, die er in seinem Leben gefunden hatte.

Mechthild lag schlafend auf dem Heuboden. Bärbchen lief herum und suchte sie.

Als er die Steine aus seinem Zimmer holte, fragte Josefa:

»Warum machst du das, Anton? Ich habe mit Frank telefoniert, er sagt, wenn du die Steine nicht mehr willst, wird er sie abholen und der Universität schenken.»

«Der wird nicht mehr hierherkommen.»

Braden warf die Steine aus seinem Fenster auf den Anhänger hinunter. Als Huppertz kam, schrie er: «Das hast du doch immer gewollt.»

Huppertz stand da und konnte nichts erwidern.

«Was ist mit ihm los?»

«Ich weiß es nicht», sagte Josefa, die ihrem Bruder nachsah, wie er mit dem Moped wegfuhr. Vor dem Schüttloch koppelte er den Anhänger ab, hob ihn an der Achse hoch und kippte die Steine ins Loch, wo sie mit dem Förderband zum Gesteinsbrecher transportiert wurden und von dort zu den Mühlen, die sie zu Staub zermahlen würden.

Höger, der mit seinem LKW zum Brecher kam, hupte, lehnte sich aus dem Fenster und rief: «Braden, nun bist du endgültig verrückt geworden.»

Der nahm keine Notiz von ihm, schüttete weitere Steine in das Kipploch. Gneise, Diorite, Bergkristalle, Moossteine und Tektite, Lesesteine und Felsstücke, blau und rot schimmernde Quarze aus den Flüssen, Granite in hundertfarbigen Schattierungen, Feldspate und Vulkanite, Schiefer und Basalte, Kalkgestein mit Spuren der ersten Pflanzen und niedrigen Lebewesen mit Algen und Brachiopoden, mit Korallen und Ammoniten und Hautflüglern.

38

Der Schnee verwandelte sich in Regen, dann wieder in Schnee, Schnee, der leise auf die Wiesen und umhügelten Dörfer fiel. Es war Sonntag. Braden war vom Bruckshaus in den Steinbruch gegangen. Er stand unten auf der Sohle. Es war so still dort, als wäre er allein auf der Welt. Der graue Himmel war voller herabtaumelnder Schneeflocken, die tiefen Spuren der LKWs waren zugeschneit. In der Eisentonne war noch Glut. Braden stapfte zu einem in den Bruch gestürzten Baum, brach Zweige ab und ging damit zur Tonne, steckte die Zweige hinein und wärmte sich am Feuer. Ein toter Uhu lag gefroren im Schnee. Braden nahm eine Feder aus seinem Kleid, steckte sie an seine Mütze. Dann deckte er den Uhu mit Schnee zu. Von der Landstraße her kam Karnevalsmusik. Ein großes, aus bunter Pappe und Kreppapier gebautes Schiff fuhr auf das Dorf zu. Das Narrenschiff war bei Zeiser auf dem Hof um einen Anhänger herum gebaut worden.

Zeiser steuerte den Traktor. Sie fuhren zum Karnevalszug, alle auf dem Anhänger waren kostümiert. Braden erkannte Pitter an seinen ungelenken Bewegungen. Als sie an ihm vorbeifuhren, winkten sie ihn heran. Er lief dem Anhänger hinterher, bekam Schnaps hinuntergereicht. Die Frauen tanzten in schwarzen Strumpfhosen und kurzen Röckchen nach der Karnevalsmusik, die scheppernd aus einem Lautsprecher kam, eine Frau kniete sich auf den Wagenboden, reichte ihm noch einen Schnaps und küßte ihn auf die Wange, dann richtete sie sich wieder auf, machte aufreizende Bewegungen und lockte ihn hinter dem Wagen her, der immer schneller fuhr, so daß Braden dem Traktor nicht mehr folgen konnte, erschöpft stehenblieb und dem Wagen hinterhersah, auf dem die Frauen tanzten und über ihn lachten. Ein eisiger Wind trieb über den Höhenrücken und türmte hohe Schneewehen vor den Schneefangzäunen am Straßenrand auf.

Als Braden in Keldenich ankam, war der Umzug schon vorbei. Kinder in Cowboy- und Indianerverkleidung liefen durch die Straßen und knallten mit Pistolen. Am Straßenrand im Schnee lagen Luftschlangen, Süßigkeiten und Schnapsfläschchen. Auf dem Dorfplatz stand eine Imbißbude. Im Saal von Dahmen wurde getanzt. Lisa hielt Braden fest und gab ihm ein Bier.

«Hast du mich vorhin auf dem Wagen erkannt? Warum hast du dich nicht verkleidet, alle haben sich verkleidet.»

Lisa setzte Braden einen kleinen Hut auf, holte Schminke aus der Handtasche und malte ihm Herzchen auf die Wange.

«So, jetzt tanzt du mit mir.»

Sie zog Braden durch das Gewühl zur Tanzfläche. Lisa war sehr klein, sie mußte sich auf die Zehenspitzen stellen, um Braden einen Kuß auf die Wange geben zu können.

«Hat Josefa dir gesagt, daß du mit mir tanzen sollst?»

«Wie kommst du darauf, Anton?»

Während sie tanzten, sah er zu Josefa, die mit Huppertz an dem Tisch vor der Bühne saß. Einer der Musiker stand an einer elektronischen Orgel, der zweite spielte Schlagzeug. Hinter den Musikern sah man ein großes Gemälde von Keldenich, so wie es zu Bradens Kinderzeit gewesen war.

«Tanzt du nachher noch mal mit mir?» fragte Lisa, als er sie zu ihrem Tisch brachte. Er setzte sich zu Josefa und seinem Schwager an den Tisch. Seit er auf sein Erbteil verzichtet hatte, redete Huppertz wieder mit ihm. Sie gingen zur Theke und tranken. An der Theke stand Johanna mit Littwin.

«Was glotzt du so, Braden, willst du was von mir?» sagte sie. «Wenn du Zeiser siehst, kannst du ihm sagen, daß ich nur noch meine Sachen abhole.»

«Es hat Krach gegeben, nach dem Karnevalszug... So habe ich Zeiser noch nie erlebt», flüsterte Huppertz. Er legte Braden den Arm um die Schulter. Im Saal wurden die schönsten Masken prämiert. Huppertz sagte: «Komm, wir trinken noch einen. Warum wohnst du nicht wieder bei uns?»

39

In der Nacht trommelte Pitter an der Tür des Bruckshauses. Braden war gerade eingeschlafen und zu betrunken, um aufzustehen. Da Pitter keine Ruhe gab, ging Braden ans Fenster und schrie, daß er verschwinden solle. Es dämmerte schon. Pitter trug noch sein Kostüm. Braden sah ihm nach, wie er zum Hof zurücklief, legte sich wieder schlafen und wurde erst um die Mittagszeit vom Brüllen der Kühe wach. Immer noch fiel dichter Schnee. Braden stapfte über die Wiesen zu Zeisers Hof. Einige Leute aus dem Dorf standen in der Hofeinfahrt, um den Karnevalswagen für den Umzug in Kall zu holen. Über ihren Kostümierungen trugen sie dicke Mäntel. Lisa zitterte, sie hüpfte, um sich aufzuwärmen, unter dem Mantel trug sie eine glitzernde, dünne Bluse. Sie kam auf Braden zu und fragte, ob er etwas gehört habe.

«Es mußte ja einmal so kommen ... Zeiser hat geschossen, als wir auf den Hof wollten», sagte Walber.

«Jemand hat die Polizei gerufen ... er ist total durchgedreht, hat gedroht, daß er alle umbringen will», sagte Thies.

«Hast du wirklich nichts gehört, Braden?»

«Er schießt auf alles, was sich dem Hof nähert», sagte Walber.

«Bleib bitte hier, Braden», rief Lisa.

Der Schnee fiel so dicht, daß Braden nach wenigen Schritten schon nicht mehr zu sehen war. Er blieb mitten im Hof stehen. Von den Stallungen kam das Gebrüll der Kühe. Als Braden sich dem Stall näherte, sah er Pitter neben der Tür liegen. Sein Mund stand offen, die Augen waren aufgerissen, aus dem Mundwinkel liefen Blutfäden über Kinn und Hals, das Blut glitzerte dunkelrot. Eine Elster flog schnatternd von der großen Esche zum Stall, während Braden am Karnevalswagen vorbei zum Wohnhaus ging. Johanna war von der Haustürtreppe hinunter in den Schnee gestürzt, ihre Beine waren verdreht, nicht weit von ihrer Hand lag ein kleiner Koffer, der aufgegangen war, ein Maniküreetui, Unterkleider und Zeitschriften waren herausgefallen. Braden bückte sich, legte die Sachen wieder in den Koffer zurück. Johannas Gesicht glänzte wie das einer Wachspuppe, ihre Augen waren starr, Schnee setzte sich in ihr Haar. Von der Straße rief jemand, Braden solle zurückkommen. Die Scheinwerfer des Polizeiautos strichen über den Hof. Der Schnee wehte in die Vorküche. Zeiser saß vornübergebeugt, die Arme hatte er auf den Tisch gestützt, den Kopf in die Hände gegraben. Auf dem Schoß hielt er sein Jagdgewehr. Braden blieb an der Tür stehen und rief mehrmals leise Zeisers Namen, bis dieser den Kopf hob, ihn kurz ansah und nach vorn auf den Tisch fiel.

Als Braden vom Hof ging, rief die Polizei durch ein Megaphon, Zeiser solle sich ergeben und herauskommen. Schorn fragte Braden, was mit Zeiser sei. Braden stotterte nur und lief schließlich weg. Schorn ging zum Wagen, um über Funk Verstärkung anzufordern. Polizisten pirschten gebückt ans Haus. Sie brachten Pitter auf einer Trage zum Krankenwagen. Mallon, der Reporter der Kreiszeitung, fragte Braden, was geschehen sei. Braden drängte sich durch die Leute hinter der Absperrung. Mallon lief neben ihm her, stellte Fragen, hielt ihm ein Mikrophon vor den Mund. Braden wiederholte immer nur, daß alle tot seien.

«Auch Zeiser, was ist mit Zeiser?» fragte Mallon.

«Der auch», sagte Braden. Vor der Brücke blieb Mallon keuchend stehen.

«Wo willst du hin, Braden?»

Er zeigte ins Feld, wo irgendwo das Bruckshaus stand. Als ein Schuß fiel, lief Mallon zum Hof zurück.

Im Bruckshaus angekommen, nahm Braden seinen Rucksack, stopfte einige Kleidungsstücke, Geld und eine Fotografie von Milli hinein. Er lief zur Straße, wartete vergebens auf einen LKW und fuhr schließlich mit einem der Linienbusse. Der Bus fuhr langsam, wegen der Schneewehen, die auf der Straße lagen. Vom Höhenrücken konnte man weit über das verschneite Land sehen. Die Ortsschilder der Dörfer waren zugeweht. Auf einer Plakatwand klebten riesenhafte Politikerköpfe, denen man Clownsmützen und Zahnlücken aufgemalt hatte. Der Busfahrer sprach mit einer Frau aus dem Dorf, erkundigte sich nach Zeiser.

«Es heißt, er soll auch den Bauarbeiter umgebracht haben», sagte er.

«Weißt du was, Braden?» rief der Busfahrer nach hinten, wo Braden saß und durch die von seinem Atem beschlagene Seitenscheibe versuchte, nach draußen zu sehen.

Braden antwortete nicht. Der Bus schlingerte im Schnee. Im Dorf führten Kinder einen als Strohbär hergerichteten Jungen über die Straße. Er hatte einen Strick um den Hals und klimpernde Glöckchen an Armen und Füßen. Die Kinder schlugen ihn mit Ruten, und er tanzte.

Aus dem Verlagsprogramm

Adolf Muschg
Sax
Roman
459 Seiten. München 2010

Claudia Klischat
Der eine schläft, der andere wacht
Roman
159 Seiten. München 2010

Jedediah Berry
Handbuch für Detektive
Roman
383 Seiten. München 2010

Janet Frame
Dem neuen Sommer entgegen
Roman
Etwa 288 Seiten. München 2010

Verlag C.H.Beck